나는 간이역입니다

나는 간이역입니다

초판 1쇄 2021년 11월 25일

지은이 김원희

발행인 주은선
펴낸곳 봄빛서원
주 소 서울시 강남구 강남대로 364, 13층 1326호
전 화 (02)556-6767
팩 스 (02)6455-6768
이메일 jes@bomvit.com
홈페이지 www.bomvit.com
페이스북 www.facebook.com/bomvitbooks
인스타그램 www.instagram.com/bomvitbooks
등 록 제2016-000192호

ISBN 979-11-89325-09-1 03810

그냥 편하게 ── 쉬고 싶은 곳

나는
간이역입니다

김원희 지음

한적하고 평화로운 나만의 휴식

봄빛서원

세월을 ─────── 달리며

김
원
희

이 세상에서 70년을 살았습니다.
세상은 나에게 친절하지 않았습니다.
그럼에도
묵묵히,
세월이란 봇짐을 싣고 달렸습니다.

새순 같은 곱고 어여쁜 사람이 탔습니다.
푸른 녹음 같은 싱싱한 젊은 사람도 탔습니다.
나는 씽씽 달렸습니다.

그러나,
그들의 목적지는 너무 짧았습니다.
그들이 내리고
세월의 무게만큼 무거운 사람들만 남았습니다.

나는 덜컹거리기 시작했습니다.
힘이 들었습니다.
그럼에도 달려야 했습니다.

인생의 종착역은 정해져 있으니
달리는 것 말고는 방법이 없었습니다.

덜컹덜컹,
참 많이도 달렸습니다.

이제, 저만치
길의 끝이 어슴푸레 보이려 합니다.
힘을 내야겠습니다.

그러고 보니
어느새 무겁던 세월의 봇짐이
가벼워져 있습니다.
늙은 열차에 올라타는
승객도 없어졌습니다.

문득, 외롭고 쓸쓸합니다.
그래도 괜찮습니다.
언제부턴가
쓸쓸함을 받아들이는 데
익숙해졌나 봅니다.

그러고 보니
철로도 나를 닮아 늙었습니다.
서로를 위로합니다.

참 많이도 달렸습니다.
이제는 좀 쉬고 싶습니다.
언제가 영원히 사라질 그날까지는
그래도 좀 편하게 쉬며,
이 시간을 즐기고 싶습니다.

기차여행을, 특히 오래된 간이역과 폐역, 그 주변의 오래된 마을을 보는 것을 좋아합니다.

제 어릴 때 향수이기도 하고요. 혼자, 친구 또는 딸과 함께 가기도 합니다.

나이든 저만 간이역 여행을 좋아하는 줄 알았는데 젊은 딸 또래도 좋아한다는 것을 알았습니다.

'새롭게 새롭게, 더욱 새롭게', '빠르게 빠르게, 좀 더 빠르게'를 외치는 세상에 사는 요즘 사람들에게도 느리고 오래된 옛 시간이 정신적으로 평화를 준다는 사실을 깨달았습니다.

간이역 여행을 떠나 보면 사라진 철로와 역사驛舍도 있고, 리모델링으로 멋지게 바뀐 곳도 많습니다. 제가 각 역을 방문했을 때와 현재 모습에 차이가 있을 수 있어 방문 날짜를 표기했습니다.

소소한 이 발자취가 아주 훗날 옛 시간에 대한 좋은 자료로 전해지길 바랍니다.

차례

두번째 역 편안함

혼자일 때는 혼자여서,
함께할 때는 함께여서 좋은 곳

세 번째 역 **추억**

정말 잘됐어요,
사라지지 않아서

네번째 역 **일상**

오랜 말동무가 있어서
감사

첫 번째 역,

그
리
움

누가 이 외진 곳에 ——————— 낭만을 남겼을까

영화 〈기적〉의 배경,
국내 최초 민자 역사

봉화
양원역

양원역 정차는 5분이 채 안 되는 듯했다. 철로와 낙동강이 흐르는 물줄기, 그 사이에 있는 플랫폼에 양원역이라 적혀 있는 표지판과 간이 벤치, 햇살과 비를 피할 수 있는 임시초소처럼 생긴 것이 세워져 있다.

어디에서도 보지 못했던 생뚱맞은 풍경에 나도 모르게 미소가 흐른다. 주위를 둘러봐도 제대로 된 역사가 보이지 않고 마을도 눈에 들어오지 않는다. 광활한 자연만이 그 위용을 뽐낸다. 저절로 탄성이 나온다.

철로 건너편 창고처럼 생긴 작은 건물에 '양원역 대합실'이라는 간판이 붙어 있다. 역사를 대신하는 곳이다. 그나마 이것도 양원

주민의 힘으로 세워진 최초의 민자 역사다.

'양원'에는 27가구 50여 명의 주민들이 거주하고 있다. 1955년 12월 31일 영암선 철길이 개통되었지만 석탄을 주로 수송하는 역할로 개통 때부터 역사도 없고 기차도 정차하지 않았다.

하여 이곳 주민들은 승부역까지 15리를 걸어가서 기차를 이용해야만 했다. 무거운 짐보따리를 이고 지고 가야만 했던 주민들은 고생을 덜고자 열차가 마을을 지날 무렵 무거운 짐보따리를 열차 안으로 던져 놓고, 승부역에서 걸어와 짐을 찾아가기도 했다. 산과 계곡을 따라 걸어야 하는 길, 발품을 줄이려고 선로를 걷다가 10여 명이나 목숨을 잃기도 했다.

이에 주민들이 직접 삽과 곡괭이로 역을 만들고, 이곳에 기차를 세우게 해달라고 탄원서를 제출하였다. 끈질긴 염원 끝에 1988년 4월, 원곡마을에도 기차가 정차하게 되었다. 이렇게 대한민국 최초의 민자 역사인 지금의 양원역이 탄생했다.

양원역이란 이름 자체도 의미가 있다. 이 역시 주민들이 지은 이름이다. 역 바로 옆을 흐르는 낙동강을 기준으로 서측은 봉화군 소천면 분천리 원곡마을, 동측은 울진군 금강송면 전곡리 원곡마을이 위치해 있는데, 두 원곡마을 사이에 역이 있다고 해서 '양원'이라는 이름을 붙인 것이라 한다.

양원역이 지어진 이야기를 바탕으로 한 영화 〈기적〉이 2021년 9월에 개봉했다. 영화 속에서 양원역의 모습을 감상해 보는 것도 또 다른 즐거움일 것 같다.

방문일 : 2021년 4월

- 경상북도 봉화군 소천면 분천리 113-2
- 주변 관광지 : 양원마을

출처: 롯데엔터테인먼트

세평하늘길을 걷다

양원역에는 승부역으로 가는 '낙동비경길'과 분천역으로 가는 '체르마트길'이 있다. 체르마트길의 이름은 누가 지었을까? 양원마을에는 모두 나이 든 사람들만 사니 스위스 발레주에 있는, 어떤 공해도 용납하지 않는 청정도시 체르마트를 아는 사람이 없을 것 같아서다.

승부역으로 가는 '낙동비경길'을 선택했다. 낙동강 상류를 따라 걷는 '세평하늘길'. 안 걸어 본 사람은 있어도 한 번만 걸은 사람은 없다는 비경 길이다.

고갯길을 오르내리다가, 목재 덱deck이 놓인 길과 출렁다리를 건너고 울퉁불퉁 좁은 산길과 탁 트인 넓은 길도 걸었다. 오염되지 않은 낙동강 물줄기는 얼굴이 비칠 만큼 맑다. 잔잔히 흐르는 물소리와 때로는 힘차게 흐르는 물소리도 들었다. 걷는 내내 우람한 태백산맥의 정기를 품은 겹겹의 산들이 따라왔다. 나도 모르게 발걸음을 멈추고 긴 호흡을 하며 대자연에 취한다.

모든 세상사는 양면이 있다.

나처럼 여행과 힐링을 위한 사람에게는 이 길이 환상적으로 아름답지만, 일상을 위해 걸어야 하는 사람들에게는 결코 친절한 길이 아니다.

양원마을 사람들이 기차역을 간절히 원했던 이유를 이제야 알겠다. 지금은 그나마 길이 닦여 이 정도지만 예전에 무거운 짐을 이고 지고 이 길을 걸어 시장이나 학교를 다녀야 했던 사람들은 어땠을까? 그들의 고단한 걸음을 생각해 본다. 장마가 지면 물살은 큰 소리를 내며 협곡을 가득 채우고 무섭게 흘렀을 것이다. 그 물살은 자칫 사람을 휩쓸어 버리기도 했을 것이다. 그럴 때도 생활을 이어가기 위해서는 걸어야 했을 터이다. 새삼 자연이 주는 위로 뒷면에 도사리고 있는 위협을 느낀다.

승부역으로 접어들었다. 입구에 영암선 개통 기념비가 세워져 있다. 표지판을 읽어 본다.

영암선은 영주-철암 간 86.4km의 철도 노선으로 1948년 8월 15일 대한민국 정부 수립 후 미국의 원조자금으로 1949년 4월 8일 대한민국 정부 최초의 철도 부설공사로 착공했다. 그 후 한국전쟁으로 중단했다가 휴전 성립 후 미국 F.O.A의 원조자금으로 재착공하여 1955년 말 완공한 철도다.

그러니까 일본인들이 물러나고 처음으로 순수 대한민국 사람들의 힘으로 철도를 놓은 것이고, 돈은 미국에서 대주었다는 말이다. 영암선은 그 후, 1962년 11월에 철암선鐵巖線과 통합되어 영동선嶺東線이 되었다.

조촐한 간판을 단 승부역 역사가 보인다. 양원역에서 승부역까지 6km. 내 걸음으로 두 시간 남짓 걸렸다. 역사는 붉은 벽돌색에 일자 형태로, 맞이방 입구에 가벼운 차양이 쳐져 있을 뿐 아무 꾸밈이나 멋을 내지 않은 단조로운 형식이다.

현재의 역사는 1996년 9월 17일에 준공된 것이다. 최초의 역사는 1957년 7월에 준공되었다. 위키백과에서 옛 역사를 찾아봤는데 차이점이 확실히 눈에 들어왔다. 간이역을 여행할 때, 옛 시간을 추이해 보는 재미가 있다.

승부역, 한때는 자동차로 접근할 수 없는 대한민국 최고의 오지 역이었다. 승부라는 지명은 옛날에 전쟁이 났을 때 승부가 난 마을이라 붙여졌다고도 하고, 다른 동네보다 부자들이 많이 산다고 해서 붙여졌다고도 한다. 이 오지에 어떻게 부자들이 많았을까, 나는 승부가 난 마을 쪽으로 생각이 기운다.

이곳은 지금도 자가용으로 접근하기가 쉽지는 않은 곳이다. 그래서 무궁화 열차가 하루 6회씩 정차하게 되었다고 한다. 그러다가 눈꽃열차와 백두대간협곡열차가 정차하면서 관광지의 면모를 갖추었고, 그 시간만 되면 이 한적한 역에 사람 온기가 풍겼다.

그러다 코로나19로 모두가 정지한 상태다. 철로 건너편에 여행객을 위한 간이매점, 식당 등이 보인다. 지금은 모두 문을 닫아서 따뜻한 차 한 잔도 마시지 못한다. 백두대간협곡열차 V-train 팻말이 인내심을 가지고 버티고 있는 듯하다. 언젠가 올 그날을 위하여.

승부역은 하늘도 세 평이요, 꽃밭도 세 평이나
영동의 심장이요 수송의 동맥이다.

바위에 새겨진 글귀에서 승부역의 자긍심을 느낀다. 1960년대 승부역에 근무하던 김찬빈 역무원이 남긴 글이라고 한다. '하늘도

땅도 세 평이라고 표현할 만큼 작고 외진 곳이지만 그럼에도 불구하고 우리는 이곳에 철로를 놓았습니다'라는 당당한 자랑스러움이 묻어 있다. 글귀 앞에서 힘찬 박수를 보낸다.

첩첩 산속 깊은 협곡에 철도를 놓을 때의 노고를 생각해 본다. 자재를 어떻게 운반했으며 인부들의 먹거리는 어떻게 해결했을까? 지금의 이 편안함이 그들의 노고 위에 있음을 새삼 생각한다. 빈 철로 위에 조심스레 올라 서 본다. 겹겹이 포개어져 있는 산 사이로 쭉 뻗은 철로, 신호를 주는 차단기, 내 나라 산천의 아름다움과 맑은 공기, 새삼 행복에 겨워한다.

방문일 : 2021년 4월

• 경상북도 봉화군 석포면 승부리 1162-5
• 주변 관광지 : 낙동비경길

4
월
의
크
리
스
마
스

분천역

분천역은 4월 봄날에야 오게 되었다. 열차에서 내려 플랫폼에서 바라본 분천역, 어린아이처럼 설렌다. 플랫폼을 빠져나가기 전 이리저리 사진을 찍고 놀았다. 소원의 종도 힘차게 쳐 봤다. 종소리가 어쩌나 크게 나던지 그 소리에 내가 더 놀랐다.

역사는 아주 작다. 어느 유럽 산악지대 기차역에서 봄직한 스토브도 있다. 역사 안 좁은 공간에서 크리스마스를 만났다.

2013년 분천역과 체르마트역은 자매결연을 맺었다. 한국-스위스 수교 50주년 기념패와 체르마트 마을 사진이 붙어 있다. 오래 전 흑백사진 속의 풍경에 눈길이 머문다. 여인들의 옷차림에서도, 기차역에서도 옛 시간을 느낄 수 있다.

역사를 나오니 넓은 광장에 4월의 크리스마스가 펼쳐져 있다. 아무도 없는 4월의 산타마을. 산타광장에는 대형 크리스마스트리, 산타클로스 할아버지와 루돌프 사슴이 끄는 마차가 손님을 기다리고 있고, 체르마트에서 보았던 전동차도 보인다. 헨젤과 그레텔의 과자집처럼 생긴 예쁜 선물 가게들도 줄지어 있다.

4월의 따뜻한 햇살을 온몸으로 받으며 아무도 없는 4월의 크리스마스 축제를 즐긴다.

눈이 많이 오지 않는 겨울에는 분천역 직원들과 마을사람들이 힘을 합쳐 기온이 낮은 새벽 시간대에 제설기를 활용하여 눈썰매장을 조성하고 광장 주변에 아름다운 눈꽃을 피워 관광객들에게 즐거움을 주려 애썼다. 태백산맥 속 오지 마을, 사람들이 찾아와 주기를 고대하며 열과 성을 다하였을 그들의 노고에 박수를 보낸다.

손님을 맞아야 할 카페가 모두 문을 닫았다. 분천사진관도 분천우체국도 코로나19로 임시휴업이라는 안내문을 문 앞에 걸어 놓았다. 꽉 닫힌 문 앞에서 마을 사람들의 절망을 생각하니 갑자기 코끝이 시큰거려 온다.

산타광장을 벗어나 마을로 들어가기 전, 칭칭 늘어진 버들잎 아래 벤치에 잠시 앉아 옛 산타역을 검색해 봤다. 인터넷 검색으로 찾아낸 옛 분천역, 역사의 모양새가 바뀌었다. 역사 입구에 세워진 분천역을 가리키는 팻말 그리고 옛 분천역사. 옛 사진 속 역광장에 지금 내가 앉아 있는 벤치 뒤 버드나무가 보인다.

오, 이 나무가 그때의 시간을 품고 지금까지 왔구나. 버드나무 둥치를 쓰다듬어 본다. 그 사이 분천역에 무슨 일이 있었을까? 혼잣말을 건넨다.

손바닥만한 휴대폰 속에서 찾아낸 옛 분천마을의 사진은 4월의 화려한 분천역보다 더 내 가슴을 설레게 했다.

산골 길목에 분천역이란 간판 하나 달랑 세워져 있는 소박한 역사가 왜 이리 좋은 걸까. 어쩌면 나의 간이역 여행의 시작은 '시골 역사는 이래야 제맛이야'라는, 도심에 사는 사람의 말도 안 되는 허영심의 발로였는지도 모르겠다. 그래도 나는 그 마음을 버리지는 못할 것 같다. 이런 풍경이 그립고 좋은 것을 어떻게 하리. 대한민국의 모든 간이역을 가 보리라.

방문일 : 2021년 4월

• 경상북도 봉화군 소천면 분천길 49
• 주변 관광지 : 산타마을

빨간색 느림의 편지통

길게 뻗은 낡고 오래된 철로 위에 서서 바람의 냄새를 맡는다. 폐 안으로 향긋한 바람이 들어온다. 자꾸만 숨을 들이쉬고 내쉰다. 살 것 같다. 숨통이 트인다. 뭐가 그리도 빡빡하게 내 숨통을 죄고 있었을까.

사는 게 쉽지 않다. 이 철길도 한때는 얼마나 많은 짐을 싣고 지나갔겠는가. 이제 그 힘듦을 지나 한가로워지니 세상은 벌써 저만치 가 있는 것을.

함창역은 1924년 12월 1일 목조건물로 신축 준공하여 보통역으로 영업을 시작했다. 당시 무연탄, 쌀, 원목 등의 수송을 주 업무로 왕성히 달렸으나 인근 탄광의 폐광으로, 현재는 여객 수송만을 주

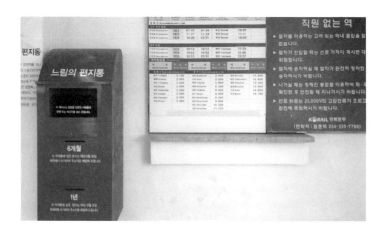

업무로 하고 있다. 그나마 이용객이 많지 않아 하루에 부산과 영주 사이를 운행하는 무궁화 몇 편이 있을 뿐이다.

함창역은 역무원이 없는 무인역이다. 역사 앞에는 어르신을 위함인가. 굳이 풀어서 '직원 없는 역'이라 친절하게 안내해 놓았다. 풀어서 적어 놓은 그 문장이 이상하게 정이 간다.

역사 안에는 '느림의 편지통'이라는 이름의 빨간 우체통도 있다. 색다른 점은 편지 투입구가 두 개로 나뉘어 있다는 것. 위칸에 편지를 넣으면 매년 6월 30일에, 아래칸에 넣으면 매년 12월 31일에 함평우체국에서 수거해 주소지로 보내준다.

정말 낭만적이지 않은가? 누가 이런 외진 곳, 머지않아 폐역으로 사라질 존재에 낭만을 남겼을까. 굳이 최백호 씨가 아니라도 나는 낭만에 대하여 생각해 봤다.

역사 앞 정자에 마을 어르신들이 앉아 담소를 나누고 계신다. 낯선 객이 허한 광장을 하릴없이 거니는 모습에, 호기심 어린 눈길이 따라다닌다.

방문일 : 2017년 8월

• 경상북도 상주시 함창읍 가야로 3
• 주변 관광지 : 불정 자연휴양림

아름다움의 시작점

무궁화 열차, 역마다 정거하는 느림보 기차에 온통 젊은이들이다. 이런 느린 열차를 타고 어디를 가는 걸까? 친구와 나는 궁금했다. 그들도 느림의 미학을 터득했다는 말인가? 젊은이들을 보는 우리의 시각을 바꿔야겠다.

플랫폼에서 제일 먼저 눈에 들어오는 것은 흔히 볼 수 없는 급수탑이다. 우뚝 솟아 있는 급수탑으로 화본花本역은 더 운치 있는 풍경을 자아낸다. 서둘러 급수탑 쪽으로 발길을 돌렸다. 급수탑으로 가는 길에 펼쳐진 푸름이 눈과 마음을 정화시킨다. 그냥 지나치기에는 너무 예쁘다. 친구는 폰에 푸름을 담는다.

급수탑은 일제강점기에 증기기관차에 물을 공급해 주는 역할을 하다가 디젤기관차가 나오면서 그 쓰임을 다하게 되었다. 다른 역의 급수탑과는 다르게 문이 열려 있다. 화본역을 찾는 사람들에게 볼거리를 제공하려는 배려라 생각하니 감사하다.

급수탑에서 조금 떨어진 곳에 급수정이 있다. 디딤돌에 올라가 안을 들여다보니, 증기기관차에 어떻게 물을 조달했는지, 급수 원리가 그림과 함께 자세히 설명되어 있어서 이해를 돕는다. 급수정 안에는 재미있는 글도 보인다. 〈석탄정돈〉 〈석탄절약〉, 글씨체와 선명도를 보아서는 예전 그 시대의 것은 아닌 듯하다.

화본역은 버스 교통이 발달하지 않은 곳에 있다. 기차 운행도 몇 차례 안 해서 선뜻 찾아나서기가 어려운 곳이기도 하다. 원래 귀하고 고운 보물은 보이지 않는 깊숙한 곳에 있는 법이다. 화본역을 보는 순간 '와~ 화본역이 이렇게 예쁜 곳이구나' 탄성이 터졌다. 어렵사리 보물을 찾았을 때의 경이감이 이런 것일까.

역사 안으로 들어서니 역무원 모자가 고객을 위해 나란히 놓여 있다. 친구는 모자를 쓰고 함박웃음을 짓는다. 이곳에서도 한 컷, 저곳에서도 한 컷, 아이들처럼 스탬프도 찍어야지. 마음은 벌써 우리 어릴 적으로 돌아갔다. 이런 우리 모습을 보고, 역사 안 대기실에 앉아 계시던 할머니가 말을 건넨다.

"어디서 왔소?"

"부산에서요."

"와이구, 멀리서도 왔네. 여기 뭐 볼 거 있다고. 여 사는 우리는 하나도 볼 게 없는데, 뭐 볼 거 있다고 오는지."

"마을이 너무 예쁜데요, 할머니. 사람들이 많이 오는 게 싫으세요?"

"좋기도 하고 싫기도 하고 그렇지."

"어떤 게 싫고, 어떤 게 좋으세요?"

"집에 문을 열어 놓고 못 다닌다. 예전에는 문에 신경도 안 썼는데…. 그래도 장사하는 사람들은 장사가 좀 되어 좋지, 사람들이 많이 와 주면 그런 거는 고맙지."

"할머니는 어디 가려고 역에 오셨어요?"

"나는 영천 장에 갈라고."

아직도 장 보러 기차를 타고 다니신다니 놀랍다. 장 보는 목적에 앞서 소일거리로, 마실 삼아 가시겠지만…. 나도 이런 곳에 살면서 사부작사부작 한가하게 기차 타고 시장 보러 가고 싶다.

역사를 나오니 확 트인 광장이 눈부시다. 아름다운 간이역을 보고자 우리처럼 쉽지 않은 길을 오신 분들이 수백 년은 됨직한 나무 아래에서 여름을 식힌다.

슬그머니 다가가 그 옆자리에 엉덩이를 비비고 슬쩍 앉는다.

박해수 시인과 대구MBC가 공동으로 진행하는 '간이역 시비 세우기' 사업의 일환으로 세워진 시비가 눈에 들어온다. 친구와 나는 시를 읽어 본다. 제목은 〈화본역〉이다. 속으로 읽어 보다가 소리 내어 다시 읽어 본다. 친구가 말한다.

"와, 이래 어렵노, 시가."

"나도 어렵다."

화본역, 한자 풀이를 생각하며 시를 읽어 본다.

"녹물 든 급수탑, 억새풀

고개 숙인 목덜미, 눈물 포갠 기다림….

음, 이 구절은 그래도…."

이해 가능한 것만 마음에 새긴다.

화본역 역사 뒤편에는 버려진 기차를 활용한 레일카페가 영업을 하고 있다. 카페에 들어가 라떼와 에스프레소 한 잔씩 주문했다.

친구는 오늘 하루종일 방실방실 웃는다. 어릴 때 한 동네에서 공기받기, 고무줄놀이, 땅따먹기 했던 내 단짝 친구. 이 나이까지 함께 다닐 수 있다니, 흔하지 않은 좋은 인연이다.

기차여행은 단어 그 자체만으로도 설렌다. 설렘에 나이가 어디 있으리. 아니, 오히려 나이가 들어서 설렘이 더 커진다. 젊은이들처럼 레일카페에 들어가 마신 라떼와 에스프레소, 커피 맛을 논할 때가 아니다. 그 자체로 즐겁다. 젊은이들의 문화공간이라 생각했던 카페, 그것도 레일카페. 우리 어릴 때 이런 낭만을 상상이나 해봤을까.

군이 더 많이 보려 할 필요도 없이 화본역, 그 모습 그대로 오늘 기차여행은 만족도 100퍼센트다.

화본역, 아름다움의 시작점.

그곳에 또 가고 싶다.

방문일 : 2016년 7월

• 경상북도 군위군 산성면 산성가음로 711-9
• 주변 관광지 : 화본마을

어느 날 문득
네가 그리울 때

어릴 적 내 고향 친구의 누나가 떠오른다. 어린 동생들 도시로 공부하러 나가고, 고향에 남아 농사짓는 부모님과 함께 동생들 뒷바라지하며, 오직 동생들이 잘되기를 바라던 착한 그녀…. 예쁘고 참한 모습에 그녀를 맘속에 몰래 품고, 짝사랑으로 몸살 앓던 더벅머리 소년을 생각한다.

나이 들어 늙어도 속이 참되니, 겉모습도 그와 같다. 세월이 흘러도 단아한 모습, 비록 속은 허물어 내려앉아도 앉음새 흐트러지지 않은 고고한 모습이니 그 또한 고와라. 그 고운 자태를 장복산이 병풍처럼 위풍당당 펼쳐 보호하고 있다.

한껏 한적하고 쓸쓸한 진해역, 해마다 봄이 되면 도시로 나간 아우들이 도시 냄새 옷자락에 잔뜩 묻히고 떠들썩한 소음으로 너를 찾아온다.

벚꽃이 지천에서 나부끼는 계절, 그 찬란한 아름다움에 지나간 아픈 시간들이 보람으로 너를 기쁘게 하지만, 그 기쁨 잠시여라. 그래도 그 잠깐의 찬란함이 있어, 그날을 맞이하기 위해 고운 자태 흐트러뜨리지 않고 지키고 있구나. 그 당당함이 좋아서 해마다 널 찾아가게 되는구나. 오래오래 그 자리에 있어 주렴. 어느 날 문득 네가 그리울 때, 날 보듯 널 만나러 갈 수 있게.

방문일 : 2020년 11월

- 폐역
- 경상남도 창원시 진해구 충장로 71
- 주변 관광지 : 여좌천, 경화역 공원

늙은 내 친정엄마
모습 같은

신림神林역, 숲의 정령이 보호하고 있는 마을의 작은 기차역. 이 날, 이곳에 내린 사람은 나 혼자인 듯, 열차는 나를 내려놓자마자 떠나가 버린다. 그 뒤꽁무니를 바라보는 것도 잠시 아, 이렇게 한적한 곳이었어? 새삼, 황당한 만남에 주위를 두리번거린다.

작은 역사 앞에 서니 수많은 시간이 흘러간 흔적들이 눈에 들어온다. 뜬금없이 낯선 화물차가 들어오고, 무궁화 열차가 잠시 정차하고 떠난다. 낡은 철로는 그때마다 그 무게가 버거운 듯 덜컹덜컹 소리를 낸다. 지금의 나와 같구나, 하는 생각에 슬며시 미소가 지어진다. 많은 사람이, 많은 시간이 이 철로를 지나갔구나. 내가 많은 사람과 많은 시간을 겪었듯이….

　이제 새로운 시대에 자리를 비켜 줘야 할 시간이 되었나 보다. 사람들에게 잊혀 간다는 것은 분명 쓸쓸한 일이지만, 만사가 그 쓰임이 다하면 언젠가는 가야 하는 것이 진리인 것을. 아무리 예전에 우리를 위하여 헌신하였다 하더라도, 흘러가는 세월 속에, 앞으로의 시간에 쓸모가 없다면 그냥 놔두는 자비 따위는 없다. 예전의 내가 그 모든 것에 그러했던 것처럼, 나 또한 그리될 것처럼.

　사물이나 사람이나 존재하는 동안 충분한 쓰임이 되었다면 그 또한 값진 일인 것을. 그 정도로 충분히 족하다며 나 스스로를 다독여본다.

돌아오는 길, 오솔길 끄트머리에서 뒤돌아보니 푸른 녹음 뒤에서 살며시 얼굴을 내민 신림역이 보인다. 조심히 잘 가라는 듯, 이제는 어쩌면 못 만날지도 모른다는 듯 확실하지 않은 슬픈 이별을 예상하며 배웅하는 늙은 내 친정엄마의 모습 같아 시린 마음 부여안고 자꾸만 뒤돌아보게 된다.

신림역, 마지막 본 것이 2016년 6월 결국 너는 2021년 2월 폐역이 되어 역사의 뒤안길로 사라졌구나. 나의 오랜 조상들처럼, 언젠가 나처럼.

방문일 : 2016년 6월

· 폐역
· 강원도 원주시 신림면 정암길 12
· 주변 관광지 : 용소막성당

폐역의 거친 아름다움

　비가 왔다. 오래전 사람의 발자취가 끊겨 버린 폐역의 시작점에 서니 손보지 않은 땅에 잡초가 무성했다. 철로 사이에 있는 침목 조차도 흙에 묻혀 잘 보이지 않는다. 그럼에도 이 거친 길을 걸어 들어갈 때의 느낌은 한없이 평화롭고 좋기만 하다.

　흙 속에 묻힌 침목을 밟으면서 걸었다. 어느 지점에, 예전에 이곳이 화랑대역이었음을 알려 주는 낡은 표지판이 제자리를 지키고 있다. 비 오는 날이어서였을까? 사람들의 인색한 손길이 느껴진다. 오래전 플랫폼이었던 보도블록 사이로 잡초가 거침없이 올라와 생명력을 뽐내고 있다. 사람 하나 없는 버려진 폐역이 주는 거친 아름다움을 마음속에 담는다.

역사 앞, 빗속에 가만히 서서 한참을 본다. 한때 꽤나 찬란하던 시절이 있었는데…. 젊은 화랑의 기를 받아 그 이름까지도 화랑대로 바꿀 만큼 영광스러운 젊은 날이 있었는데….

지금은 발길 끊긴 지 오래, 어쩌다 누군가가 문득 생각나면 한 번쯤 찾아와 옛 추억을 더듬고 가는 게 고작, 젊고 활기찬 그 시절은 어느새 가버리고 이제 쇠잔해진 몸으로 흐르는 시간을 아무 저항 없이 받아들이고 있는 너, 화랑대역. 나 또한 너와 같음을.

그러나, 화랑대역(6호선 화랑대역)은 부활했다. 이 낯섦을 어떻게 해야 하나? 아직 부활하지 못한 나는 그 낯선 새로움에 이질감으로 선뜻 다가서지 못하고 멀리서 분칠한 너의 낯선 얼굴을 바라볼 뿐이다. 첫사랑을 닮았던 순박한 그녀를 내 맘속에 간직했었는데, 다시 만난 그녀는 모던한 신여성이 되어 있었다. 황당하고 무안함에 얼른 얼굴을 돌린다.

방문일 : 2016년 7월

- 폐역
- 서울특별시 노원구 화랑로 610
- 주변 관광지 : 화랑대 철도공원

두 번째 역,

편
안
함

혼자일 때는 혼자여서,

———————— 함께할 때는 함께여서 좋은 곳

바다와 가장 가까운 역

서울역에서 KTX 타고 정동진역으로 왔다. 두 시간 정도 걸렸다. 정동진은 예전에도 잠시 들렀던 곳인데, 차로 왔기에 플랫폼 안쪽은 들어가 볼 수 없었다. 이번에는 마음먹고 기차로 왔다. 그렇게 와 보고 싶었던 이유가 있다. 해변가 바로 앞에 열차가 정차한다는 것이 나에게는 조금 특별한 분위기를 느끼게 해줄 거라는 호기심 때문이었다.

두 시간 기차를 타고 와서 내린 정동진역 플랫폼, 몸으로 부딪혀 오는 바닷바람과 콧속으로 들어오는 바다 냄새. 나는 이 냄새가 항상 그리웠다. 마도로스로 평생을 바다에서 사신 아버지에 대한 애절한 추억 때문인지도 모르겠다.

내가 좋아하고 그리워하는 바닷가 풍경은 조금은 거친 풍경이다. 옛날 나 어릴 때의 바닷가 풍경이 그랬다. 지금의 정동진 바닷가는 아주 잘 다듬어진 멋진 바다 공원이다. 그 깨끗함과 상쾌함도 나쁘지는 않지만, 내 그리움과 추억을 채워 주지는 못했다. 해송이 바닷바람의 힘에 밀려 기울어져 있다. 제 딴에는 바닷바람과 힘겨루기를 할 양으로 안간힘으로 버텼겠지만, 힘의 부침이야 어쩔 수 없다. 이 정도로도 충분하다.

'전국에서 바다가 가장 가까운 역' 앞에 '오늘 해 뜨는 시각'이 나와 있다. 해돋이 역으로 알려진 곳이다. 새해만 되면 해돋이를 보기 위해 전국에서 몰려든 인파로 몸살을 앓았을 텐데, 올해는 아마도 그러지 못했을 것이다.

정동진역, 어촌 마을 역사답게 낮은 지붕과 붉은 기와가 정겹다. 1962년 11월에 역사를 준공하고 영업을 시작하였다. 1962년이면 내 나이 열세 살 때다. 제3공화국으로 막 접어들려고 하던 때다. 그 시대에는 탄광산업이 활발했다. 무연탄 생산과 수송이 활발하던 때였으니 그 역할이 왕성했을 터이다.

옛 역사는 역무실이 되었고, 현재의 역사는 새 건물로 그 옆에 붙어 있는 맞이방이다. 조신한 자태의 기와지붕을 얹은 옛 정동진역.

역사의 출구와 입구에는 또 하나의 지붕이 있는데, 기와 아래 차양 같은 작은 지붕이 눈길을 끈다. 대합실은 규모가 아주 작다. 코로나19 이전에는 강릉역에서 삼척해변역을 왕래하는 해변관광열차가 운행되었는데, 지금은 잠정 중단 상태다.

역사를 나서기 전, 쭉 뻗었다가 곡선으로 휘어져 다른 철로와 만나 하나가 되는, 내 시야 너머로 다시 이어갈 그 길을 본다. 그리고 그 너머, 바다가 아닌, 산 위에 정박해 있는 하얗고 커다란 배를 본다. 멋지다는 생각과 동시에, 사공이 많았나? 배가 산으로 갔네. 혼자 우스갯소리를 내뱉는다. 오늘의 숙소는 저기다. 정동진 썬크루즈 리조트!

방문일 2021년 4월

• 강원도 강릉시 강동면 정동역길 17
• 주변 관광지 : 모래시계공원, 썬크루즈 리조트

그
또한
나쁘지
않음을

　너는 누구냐? 생뚱맞은 너의 모습에 잠시 멍때렸다. 원래의 네 모습은 어디로 사라진 거냐? 봄에는 벚꽃이, 가을에는 코스모스가 지천으로 있어 그 아름다움이 잘 닦인 하늘공원 같다.

　후손들이 이리도 정성스럽게 그대를 추모하고 있구나. 손손들이 나와서 벤치에서, 철로에서 그대를 추모하며 평화로이 지금의 시간을 감사하며 거닐고 있구나. 전시관의 미니어처처럼 만들어진 경화역.

　1926년 일제강점기에 해군 기지와 진해항을 연결하기 위해 세워진 경화역은, 이제 예전의 치욕스러웠던 시간을 떠올리게 하는 잔재에 불과한 것이었을까. 흐르는 시간 속에서 아득히 멀어진 듯 말

끔히 그 자취가 사라져 버렸다. 그래, 기억하고 싶지 않은 순간들은 그렇게 사라져 버리도록 놔두어야지. 그 또한 나쁘지 않다.

방문일 : 2020년 11월

- 폐역
- 경상남도 창원시 진해구 진해대로 649
- 주변 관광지 : 경화역공원, 여좌천

다시 찾은 코스모스역

아침 일찍 기차역으로 갔다. 무궁화 열차는 주말에도 경로 티켓이 있다. 감사한 일이다. 차창 밖 풍경을 보다 책을 보다 한다. 습관이 되어서인지 지하철이나 기차 안에서의 독서는 집중이 잘된다.

두 시간 반 만에 도착했다. 플랫폼에서 바로 눈에 들어오는 북천역. 아, 그런데 내가 기억하고 있던 북천역이 아니다. 당황스러운 마음을 추스르고 플랫폼에서 황량한 풍경을 훑는다. 이날, 나를 포함해 두 사람이 열차에서 내렸다.

플랫폼을 나와 역사로 들어갔다. 플랫폼에서 보던 근사한 현대식 외관에 비해 역사 안은 너무 조촐해서 놀랐다. 역사 게시판에 붙어 있는 '역사 이용 알림글'을 주의깊게 읽는다. 북천역은 무인 기차역이다. 전형적인 간이역이다. 본인이 실수하지 않도록 신경써야 한다.

작은 역사를 빠져나와 넓은 광장에 섰다. 주위를 두리번거린다. 주위가 광활하다. 내가 기억하고 있는, 코스모스가 지천에 깔려 있던 북천역은 어디에 있지? 그 기억을 찾아온 나는 당혹감에 직면하고서야 서둘러 휴대폰을 꺼내 검색한다.

북천역은 경전선 진주와 광양 구간의 복선화 공사로 선로를 이설함에 따라 이곳으로 신축 이전했다고 한다. 2016년 7월 개통했다. 그러니까 내가 순천 가면서 잠시 들렀던 북천역은 그로부터 몇 달 후 폐역이 되었고, 그 사이에 새 북천역이 생긴 것이다. 자그마치 4년이나 지났는데 나는 지금에야 알았다.

예상과 전혀 다른 장소, 인적 하나 없는 황량한 길 위에 서서 잠시 막막해 하다가, 이내 휴대폰 속의 길을 따라 옛 북천역으로 발걸음을 옮겼다. 쭉 뻗은 시원한 길, 맑은 공기, 겨울이지만 봄 같은 날씨에 이내 마음을 추스르고 가볍게 걷는다. 오늘 많이 걸으리라. 마음을 다잡고 배낭끈도 두 손으로 다잡는다.

걷는 내내 곳곳에서 표지판을 본다. 옛 북천역이 레일파크로 변했다는 것을 알았다. 예전 낡은 철로 위로 조심스레 달리는 레일바이크가 보인다. 아마 한 정거장쯤 걸어온 듯하다. 레일바이크 정

류장 초소 앞에서 통행을 정리 중인 할아버지를 만났다. 사람이 그리운 곳이다. 반가운 마음에 굳이 묻지 않아도 될 말을 할아버지에게 건넸다.

"옛 북천역은 어디에 있지요?"

황량한 곳에서 할아버지도 말벗이 그리우셨나 보다. 친절하게 가르쳐 주시며 어디서 왔느냐고 물으신다. 늙으면 서로에게 연민을 느끼게 된다는 것을 나도 이 나이가 되어서야 알았다. 먼지가 폴 폴 날리는 넓은 도로에서 홀로 일하고 계시는 할아버지를 보니 마음이 짠하다. 배낭을 벗어 가방 속에서 사탕 봉지를 찾아 한 움큼 덜어 할아버지 손바닥에 놓았다.

"입이 궁금하실 때 드세요."

할아버지가 가리키는 방향으로 조금 걸어가니 이내 눈앞에 알록달록한 것들이 나타났다. 내가 보았던 그때의 북천역, 내가 그리워했던 북천역은 이게 아니었는데 당혹스럽다. 2월이라 당연히 코스모스는 기대하지 않았지만 그래도 이것은 아니었다.

정성스럽게 아기자기하고 예쁘게 단장해 놓은 옛 북천역. 할머니 생일잔치 때 알록달록 예쁜 한복으로 치장해 드린 듯한 느낌이랄까. 이 엉뚱한 예쁨은 새 시대에 자신의 자리를 내어주고 뒷방으로 물러난 오래된 옛것에 대한 위로일까. 왜 내 눈에는 이 예쁨이 서글프게만 느껴질까. 솔직한 마음은 주름살투성이의 할머니 얼굴에 연지 곤지 발라 놓은 듯 그 모습이 민망스러워 얼른 얼굴을 돌리고 싶다.

젊은 세대에게는 할머니의 그런 모습이 좋아 보이나 보다. 시대의 변천에 따라 미의 기준도, 생각의 기준도 달라졌으니 누구든 보는 그대로 좋아 보이면 그것이 좋음의 정의다. 내 눈에는 주름투성이, 자연스레 시간을 따라 그 얼굴 그대로 늙어가는 모습이 좋아 보인다. 그냥 나는 그렇다는 것이다.

제발, 나 죽거든 하늘나라 여행 가는 길이라고 얼굴에 분 바르며 단장하지 말기를. 이것만은 유언으로 남겨 놓아야겠다. 예쁜 북천역에 와서 이 무슨 뜬금없는 생각인지 모르겠다. 분위기 깨는 늙은이의 못 말리는 심술이다.

10월에 코스모스를 보러 북천역을 다시 찾았다. 이날, 북천역은 꽤나 북적북적했다. 북천역 넓은 도로 건너편에 풍경열차가 신나게 달리고 있었다. 풍경열차 안에 탄 사람들의 환호가 바람을 타고 내 귀로 날아들었다.

지난 2월에 왔을 때는 넓고 휑한 북천역 앞 광장에 달랑 나 혼자 서 있었는데, 이날 북천역에는 같은 열차에서 내린 사람들이 꽤 있었다. 무릇, 코스모스 계절이어서다. 삼삼오오 무리지어 온 사람들이 자리를 뜬 후 혼자 천천히 걷는다.

눈앞에 보이는 카페, 2월에 왔을 때는 문이 닫혀 있었다. 오늘은 흐린 불빛이 보인다. 영업을 한다는 의미다. 그때는 커다란 개가 입구 앞에서 짖어서 무서웠다. 이날도 있으려나 조심스럽게 다가갔는데 견공의 집은 비어 있었다.

카페로 들어가 아메리카노 한 잔을 주문했다. 설탕을 세 조각이

나 넣었다. 피곤한 육신에 당을 채운다. 눈앞에 북천역이 보인다. 위치가 참 좋다. 들고 간 책을 펼쳤다. 딱히 목표가 있는 여행이 아니니 굳이 서두를 필요는 없다. 기차여행과 책, 생각해도 멋진 조합, 멋진 궁합이다.

북천역을 기준으로 오른쪽으로 조금만 걸어오면 코스모스 축제가 열렸던 곳이 나온다. 매년 가을, 보름간 메밀꽃 축제와 코스모스 축제가 열린다. 그러니까 코스모스와 메밀꽃은 아름다움의 절정이 보름 정도라는 뜻이다. 축제가 며칠 지난 후에 갔더니 꽃무리졌던 화사한 코스모스는 이미 제빛을 잃고 있었다. 게다가 비가 스치고 지나간 뒤여서 여기저기 꺾이고 쓰러져 더러는 추해 보이기도 했다.

생각해 보니 청춘도 이렇듯 찰나였던가? 그때는 몰랐다. 70년을 넘게 살다 보니 나의 빛났던 청춘이 언제였더라? 그 시간이 얼마나 길었더라? 아득하기만 하다. 코스모스가 일 년 365일 중에 불과 보름 동안만 찬란했던 것처럼 내 청춘도 그랬던 것 같다.

지금은 폐철도가 된 기찻길 옆을 걷는다. 잡초 속에 묻혀서 자신의 자리를 지키고 있는 옛 표지판을 본다. 4127, 저 번호는 열차번호를 말하는 것인가? 걸으면서 오래되고 낡은 옛것을 보며 궁금해한다. 어쩌면 지난 시간을 건져 올리려는, 나도 감지하지 못했던 내 속내인지도 모르겠다.

전에 못 봤던 멋진 카페도 생겼다. 피자, 파스타, 스테이크, 커피…. 순간 구미가 당긴다. 그래도 걸음은 멋진 카페를 지나친다. 코스모스 마을이라 불리는 작은 동네에 와서는 오래된 터줏대감 댁에서 먹는 것이 맞다.

밖의 풍경이 보이는 작은 창문이 있는 자리에 앉았다. 축제가 끝나기도 했고, 점심시간을 훌쩍 넘긴 시간이어서 비교적 넓은 실내에 손님이 없었다. 음식이 나올 때까지 책을 펼쳤다. 혼자 여행을 다녀도 전혀 어색하지 않은 이유는 책이 있어서다.

옛 북천역으로 바로 가지 않고 뒷길로 들어가니 누렇게 익은 벼가 고개를 숙이고 있다. 코스모스보다 더 가을다운 풍경이 거기 있었다.

방문일 : 2021년 2월

• 역사 이전
• 경상남도 하동군 북천면 경서대로 2446-6
• 주변 관광지 : 하동 레일파크, 이병주 문학관

풍경열차의 종착역

하동
양보역

양보良甫역, 한자를 보지 않고 역 이름으로만 얼핏 생각하면 자신의 무엇을 누구에게 양보한다는 의미 같다. 양보역의 한자 풀이로 보면 어질고 착한 사람이 많은 동네의 역이라는 의미다. 하동군 양보면 우복리는 몇 가구 되지 않는 작은 동네다. 이곳 마을 주민을 위해서 1968년에 기차역이 세워졌다. 그리고 1989년 역사는 철거되었고, 2016년 경전선 복선전철화 사업으로 폐역되었다. 생존 기간 21년이다. 길지 않은 세월이다.

짧은 생애의 흔적을 보고 싶었다. 북천역에서 5.4km 떨어진 양보역까지 '은하철도 999' 열차처럼 생긴 풍경열차를 타고 갔다. 운전할 줄 모르는 내가 거기까지 갈 수 있는 이동수단은 걷는 것과 이것밖에 없다. 풍경열차는 꽁무니에 뱀처럼 긴 레일바이크를 달고 달린다.

양보역에 도착하자마자 함께 타고 온 사람들은, 풍경열차가 달고 온 레일바이크를 타고 환호하며 신나게 달려나간다. 나 혼자 양보역에 남았다.

21년 세월이 남긴 흔적을 더듬어 보려 이리 기웃 저리 기웃, 넓지 않은 공간 구석구석을 몇 번이나 훑어본다. 어디에도 없다. 여느 간이역에서나 볼 수 있는, 플랫폼에 표지판 하나 남겨져 있지 않다. 새롭게 부활한 양보역만 보인다.

북천역에 오면서 양보역을 마음에 담았다. 폐역인 줄은 알고 왔다. 그런데도 이상하게 마음이 허전하다. 나는 무엇을 기대했을까? 오래된 플랫폼에 '양보'라는 옛 표지판 하나만 있었어도 돌아가는 걸음이 헛헛하지는 않았을 것 같다.

양보역은 이제 우복리 마을 사람들을 위한 기차역이 아니다. 풍경열차의 종착역이다. 그에 걸맞게 환경이 바뀌어 있을 뿐이다. 내가 뭐라 참견할 일이 아니다. 다만, 북천역을 다시 찾으면서 마음속에 담아온 한 가지 바람, '옛 양보역을 꼭 봐야지' 하는 소망에 아쉬움이 남을 뿐이다.

작지만 아담하게 가꾸어진 공원에는 분수가 뿜어나오고, 핑크 뮬리가 한창이다. 마지막에 출발한 레일바이크의 꽁무니가 저만치 숲 사이로 사라졌다. 고요가 흐른다. 선로 위에 서 본다. 레일과 침목이 건강해 보인다. 레일바이크가 안전하게 달릴 수 있도록 마음을 쓴 듯하다.

북천역에서 함께 풍경열차를 타고 온 사람들은 모두 레일바이크를 타고 떠났다. 나만 홀로 다시 풍경열차를 탔다. 올 때는 사람들 때문에 밖의 풍경이 가려져 온전히 즐기지 못했는데, 지금은 막힘 없이 눈에 들어온다. 이럴 때 동굴이 없으면 재미없다. 동굴 안을 달릴 때는 반짝이가 눈을 부시게 했다.

북천역에 도착했을 때, 풍경열차에서 내린 사람은 나 혼자였다. 레일바이크를 탄 사람들은 그사이 모두 가야 할 곳으로 갔나 보다. 해질녘의 텅 빈 옛 북천역. 무언가 아쉬워 사람들이 다 빠져나간 텅 빈 자리에서 자꾸 어정거린다.

방문일 : 2021년 10월

• 레일바이크역
• 경상남도 하동군 양보면 하성길 13-6
• 주변 관광지 : 북천 코스모스역

버려진 철도가

멋진 레일바이크로

정선선 아우라지에서 구절리까지 열차 운행구간에 기적 소리가 끊겼다. 에너지 확보를 위해 제1차 경제개발 5개년 계획의 하나로 지난 1974년 개통됐던 산업철도가 제 몫을 다하고 역사의 뒤안길로 밀려난 것이다.

석탄산업 합리화 사업 이후 만성 적자로 천덕꾸러기가 되어 온 철마가 '아우라지' 역사에 멈춰 섰다. 정선아리랑의 애절한 사연이 깃든 절경 속을 신나게 달리던 레일 위를 이제는 레일바이크가 누비게 되었다.

구절양장처럼 흐르는 유천리강과 꼬불꼬불 철선이 어우러져 이름 붙여진 구절리 마을. 마을 사람들 태우며 정선 아리바우길 달

리던 기찻길과 플랫폼은 옛 옷을 벗어던지고 새로운 옷으로 갈아입으며 멋지게 부활했다. 그 번듯함이 개천에서 용난 듯 위세가 하늘을 찌를 듯하다.

버려진 철도를 소생시켜 멋진 레일바이크를 달리게 하고, 기차 펜션을 만들어 정선 밤하늘의 별과 달을 볼 수 있는 낭만을 제공하고, 개미와 여치 모양의 펜션과 카페가 즐거움을 선사한다. 동심으로 돌아갈 수 있는 분위기를 한껏 갖추고 있는 곳, 구절리역.

방문일 : 2020년 7월

• 레일바이크역
• 강원도 정선군 여량면 노추산로 745
• 주변 관광지 : 아우라지 장터, 아라리촌

민물고기 어름치 카페

구절리역에서의 재미있고 액티브한 풍경은 아우라지역까지 이어진다. 아우라지역에는 곤충이 아니라 민물고기 어름치가 재미있는 모습으로 우리를 맞는다. 어름치 카페 입구로 들어가면 거대한 물고기 뱃속으로 들어가는 느낌이 들 것 같다. 흥미로운 발상이다. 지금은 유감스럽게 폐쇄되어 있다.

역 이름이 순수 우리말이다. 옛 역명은 여량리의 이름을 딴 여량餘糧역이었다. 두 개의 물줄기가 이 역에서 어우러지며 합류한다는 의미에서 아우라지역으로 변경했나고 한다.

이곳은 〈정선아리랑〉의 본고장이다. 〈정선아리랑〉 노래에 얽힌 재미있는 설화가 많지만, 그중 하나인 여량리와 관계된 이야기를 옮겨 본다. 아우라지 나루를 사이에 두고 마주보고 있는 두 마을, 여량리와 유천리의 처녀 총각이 서로 사랑을 하였다. 여량리 처녀는 날마다 싸리골 동백을 따러 간다는 핑계를 대고 유천리로 건너가 정을 나누었다. 그러던 중 여름 장마로 홍수가 나 물을 건너가지 못하게 되자 총각을 만날 수 없게 된 처녀가 이를 원망하여 부른 데에서 유래했다고 한다.

또 하나는 '강원도 정선군의 한 마을에 어떤 양반이 살고 있었다'로 시작되는 연암 박지원의 『양반전』으로, 조선 후기부터 문학의 배경으로 자리매김하기도 했다. 부자 상민이 지독히도 가난한 양반의 빚을 갚아 주고 양반 신분을 양도받으려다 양반의 굴레가 너무 엄청나서 도로 물렀다는 이야기다.

남한강 1,000리의 물길과 수많은 명산으로 수려함을 자랑하는 대자연 속의 정선, 옛사람의 삶 속에 녹아 있는 애절한 사연과 역사적 사건을 간직한 정선. 그 배경 덕분에 정선의 이야기들이 후대에 수많은 예술작품으로 승화된 것이리라.

도로 끝에 얌전하게 앉아 있는 아우라지역 역사를 통해 플랫폼으로 들어갔다. 철길 따라 걷는다. 커다란 산이 앞에서 옆에서 버티고 서서 바람과 위험도 막아주는 듯한 포근함이 느껴진다.

눈에 익은 차단기. 어릴 적 차단기 앞 작은 막사에는 역무원 복장의 철도원 아저씨가 계셨다. 기차가 들어올 때면 막사에서 나와 호루라기를 불면서 깃발을 올렸다 내렸다 했는데, 이제는 볼 수 없는 풍경이 되어 버렸다. 어쩌다 이런 간이역을 만나면, 역무원 대신 주민 어르신들이 그 자리를 대신하기도 한다. 그나마 반가운 일이다.

방문일 : 2020년 7월

- 레일바이크역
- 강원도 정선군 여량면 여량6길 17
- 주변 관광지 : 아우라지 장터, 정선 레일 바이크, 나전역

매
화
축
제
의

고
장
에
서

간이역 여행은 마음의 여유를 주어서 좋다. 친구와 함께 여행할 때 삶은 계란과 사이다가 공식이었는데, 언제부턴가 삶은 계란과 커피가 공식이 되었다. 그나마 코로나19로 객실에서 음식 섭취는 절대 금지 항목이 되었다. 무엇이든 마음먹기 나름이다. 제한된 환경에서도 마음만 있으면 모든 것이 즐길 거리다.

겨울의 끝과 봄의 시작을 알리는 2월의 끝자락, 어느 계절로도 치우치지 않은 원동역의 풍경이 마음에 든다. 플랫폼을 빠져나가기 전 풍경을 담는다. 플랫폼 옆에서 유유히 흐르는 낙동강의 위용이 풍경에 가산점을 더한다.

원동 하면 매화축제가 유명하다. 이날 흐린 날씨에도 원동역 플랫폼에는 오고가는 사람들이 꽤 눈에 들어왔다. 원동역 역사는 역무원이 없는 전형적인 간이역으로 알고 있었는데 창구에서 표를 팔고 있다. 언제부턴가 매화축제로 이름이 나면서 이용객이 많아졌나 보다.

역사는 조촐하지만 깨끗하고 아담하다. 역사 건물 벽에는 작자 미상이라 적혀 있는 1970년대 원동역의 전경 사진 두 장이 붙어 있다. 두 사진이 조금 다르다. 아무것도 없이 기와지붕에 한 칸짜리 역사만 보이는 사진과 역사 앞에 큰 향나무와 계단이 있는 좀 더 현대적인 사진이 그것이다. 같은 1970년대의 건축물이 맞는지 궁금해졌다.

역사에서 쉴 겸 잠시 앉아 검색을 해봤다. 원동역은 대한제국에서 경부선이 부설된 직후부터 영업을 개시한 유서 깊은 역으로 1905년에 개업한 철도역으로 나와 있다. 사진 속 역사 건물에 '멸공, 방첩'이란 단어가 있는 것으로 보아 좀 더 오래전 사진이 아닐까 싶었다.

초등학교 시절, '멸공, 방첩'이란 단어를 많이 사용했다. 미술 시간에 걸핏하면 붉은색 크레용으로 두 단어를 그렸던 기억이 맞다면 1960년쯤이어야 한다. 기억이란 것이 어떤 것은 확신이 설 만큼 뚜렷하기도 하고, 어떤 것은 그 확실한 기억조차도 착각일 수 있으니 단언하기는 어렵다.

입구에 〈원동, 사람들의 이야기〉란 주제로 붙어 있는 흑백사진들도 정겹다. 주름투성이 할아버지, 허리가 굽은 할머니, 머리에 하얀 수건을 쓰고 나물을 파는 아주머니도 보인다. 그 앞에 붙어 있는 시 〈원동역에서〉 속에도 그들이 있다.

새벽, 물안개 속 눈물 배인 눈망울들 실어가던 기차가
어느새 어머님의 윤기 흐르던 청춘도 실어가 버려

어느 시대의 아픔인가? 어느 한 시대의 아픔만은 아닐 것이다. 자식의 꿈에 실려 자신의 청춘이 어디로 사라지는지조차 모르고 살아온 사람들. 그 청춘이 저 흑백사진 속에 있다.

고개를 숙여 내 몰골을 본다. 나 또한 저 게시판에 붙어 있는 흑백사진 속 사람인 것을. 정갈한 액자 속의 사진도 눈에 들어온다. 누군가가 찍은, 그 사람의 그 시간 안에도 낙동강이 있고 원동역의 플랫폼과 팻말이 있다. 지금 내 휴대폰 속의 사진과 같은 풍경이다.

역사 안에는 작은 맞이방이 있다. 어딘가로 떠날 사람이 기차를 기다리며 멍때릴 수 있는 공간이다.

어딘가에서 원동을 찾아온 사람이 원동마을로 들어가기 전 잠시 숨을 고르기 좋은 공간이다.

뜬금없이 그 공간 안에 우편함이 세 개나 있다. 1개월 뒤 우편함, 3개월 뒤 우편함, 6개월 뒤 우편함.

우편함 위에 적혀 있는 친절한 안내문을 읽는다.

"나에게 보내는 편지. 이곳에서 잠시 잊고 있었던 자신의 이야기를 만나보세요. 엽서에 편지를 적어 엽서함에 넣어 주시면 정해진 기간 이후 발송해 드립니다."

원동역을 찾는 사람들에게 좀 더 풍성한 추억을 주고 싶은 원동 사람들의 마음이겠거늘, 나는 그 마음에 부응하기 위해 엽서 한 장을 꺼내 나에게 보내는 편지를 몇 자 적었다.

원동역을 나와 마주한 역 광장. 마을로 들어갈 버스가 손님을 기다리고 있다. 원동마을로 들어가기 전 뒤돌아 원동역을 본다.

원동역은 1905년 1월 1일에 역무원이 없는 간이역으로 영업을 시작했다. 1905년은 우리나라 역사상 참으로 기가 찬 일이 일어난 해다. 을사조약이 아닌 을사늑약이라고 칭하는 사건이 있었던 해. 굴욕의 시간이었다.

그럼에도 그들이 놓은 철로 위를 달리던 기차에 사람들은 제각각의 사연을 머리에 이고 등에 지고 올라탔을 것이다. 노곤한 몸을 기대고 앉아 있을 때, 역무원 복장의 검표원이 다가와 기차표에 구멍을 뚫어 주었을 터이다. 혼란스럽고 거칠고 투박한 삶이었겠지만, 사람 온기 없는 기계에서 기차표를 끊는 지금에서야 부질없는 그 시간의 낭만을 그려 본다.

원동역 지붕도 눈길을 끈다. 정면은 리모델링을 해서 전면이 유리로 시원하고 넓어 보이는데 뒤에 솟아 있는 지붕은 기와지붕에 탑 꼭대기 보주처럼 둥근 모양이 겹겹이 쌓여 있다. 무엇을 의미하는 것일까, 불교가 근간을 이루었던 전통사회의 정서를 반영한 것이었을까.

흐르고 흐른 시간 속에 서 있는 나, 내 기억 밖에 존재했던 시간에 대해 혼자 예쁜 일곱 빛깔 무지개색으로 덧칠해 본다. 좋은 것만 기억하고 싶은 소망 때문에….

방문일 : 2021년 3월

• 경상남도 양산시 원동면 원동마을길 13
• 주변 관광지 : 원동 매화마을, 배내골

텅
빈
플
랫
폼
의

낭
만

기차여행은 달리는 속도가 느리니 차창 밖 풍경을 감상하기에 너무 좋다. 여름에는 여름의 풍경이, 봄에는 봄의 풍경이, 가을에는 가을의 풍경이, 겨울에는 겨울의 풍경이 차창 밖으로 연출된다. 덜컹대는 노후된 기차 바퀴와 철로의 마찰음이 귀에 거슬리지 않는다면 그대는 진정한 여행자.

역에 도착하니 플랫폼에 역장님이 나와서 승객을 맞는다. 요즘 역 플랫폼에서 역장님을 보기란 쉽지 않은 일이다. 간이역이어서 가능하다. 역무원 복장의 역장님이 신호기를 들고 호루라기를 불며 승객들을 관리했던 장면은 이제 옛 영화에서나 볼 수 있을 뿐이다. 내 또래 사람들의 어릴 적 기억에나 남아 있는 장면이다.

　황간역은 봄날에 가면 좋겠다. 플랫폼에 아기자기 꾸며 놓은 예쁨이 겨울에는 제 폼이 안 날 성싶다. 따뜻한 봄 햇살 받은 앙증맞은 화분과 오래된 옛 항아리에 새겨 놓은 낯익은 시를 보니 문득 부산 이바구길 168계단에서 핑크색 머리핀을 꽂은 커피 파는 할머니가 떠오른다. 역사 밖 깨끗하게 정돈된 작은 앞마당에 나가면 멋진 채색 항아리에 적힌 익숙한 시어와 시인의 이름이 발길을 붙든다.

황간역 옆에는 먼길 온 손님을 위한 무인카페가 있다. 이층으로 올라가 주인 없는 카페에서 계산대 한쪽에 놓인 함에 돈을 넣고 커피를 탄다. 이층에서 내려다본 황간역 철로에는 사람 하나 없다. 아름다운 풍경도 좋지만 이런 텅 빈 풍경도 좋다. 이제 시간이 되면 한 사람, 두 사람 모여들 것이다. 텅 빈 플랫폼, 너무 많은 사람의 복작임은 그림이 좋지 않다. 한두 사람이면 딱 좋겠다. 그러면 그림이 좀 더 완벽하리라.

한적한 역을 빠져나와 달빛도 쉬어간다는 월류봉을 찾아 걷는다. 100년 전 풍류 시인 걸음 흉내 내듯, 작은 배낭 하나 달랑 메고 터벅터벅 걷는 내 모습에 낭만이란 단어를 붙여 본다.

방문일 : 2020년 5월

- 충청북도 영동군 황간면 하옥포2길 14
- 주변 관광지 : 월류봉, 노근리평화공원, 반야사

바람도 쉬어 가는 역

　　동무와 함께일 때는 함께라서 좋고, 혼자일 때는 혼자라서 더
좋은 날이 있다. 오늘이 그날이다. 혼자 경부선 열차를 탔다. 김천
역을 지나고 폐역이 되어 버린 직지사역도 차창 밖으로 스쳐지나
고 추풍령역에 닿자, 경부선 무궁화 열차는 나만 달랑 내려놓고
이내 떠났다.

　　플랫폼,
　　아무도 없다.
　　바람이 분다. ~ ♫
　　서러운 마음에 텅 빈 풍경이 불어온다. ~ ♫

세상은 어제와 같고 시간은 흐르고 있고. ~ ♪

그 텅 빈 플랫폼에 서 있는데 나도 모르게 이소라 님의 〈바람이 분다〉가 입에서 새어 나온다. 완전히 혼자인 나는 플랫폼에서 나올 생각을 안 하고 이리 깡충, 저리 깡충 그 휑한 순간을 즐기고 있는데, 어디선가 묵직한 소리가 들린다.

"기차 들어옵니다. 위험합니다. 빨리 들어오세요."

어, 어디서 들리는 소리지? 추풍령역 역사 안에서 스피커를 통해 들려오는 소리다. 어디선가 나를 보고 있었던 거다. 그런데 이 느낌 왜 그리 좋은지. 누군가가 나를 지켜보고 있다는 느낌이 두려움이 아니라 보호받고 있다는 안전함으로 다가온다. 나는 금세 말 잘 듣는 아이가 된다. 얼른 철길을 벗어나 역사 앞으로 갔다.

추풍령 하면 가장 먼저 떠오르는 것은 1965년에 발표된 '구름도 자고 가는, 바람도 쉬어 가는'으로 시작되는 남상규 님의 노래 〈추풍령 고개〉가 아닐까 한다. 그만큼 대중가요가 국민에게 주는 정서적인 영향이 크다는 의미이기도 하다. 구름도 자고 가야 할 만큼, 바람도 쉬어가야 할 만큼 고개가 높고 험난하다는 의미다. 추풍령이 높은 봉우리인 것을 노래만으로도 짐작할 수 있다. 옛날에야 험준하고 높은 고개였겠지만 지금의 추풍령은 잘 닦인 도로를

이용하여 접근하니 그 느낌이 크지 않다. 그렇지만 그냥 나온 노래는 아닐 것이다. 이를 증명하듯 일제강점기의 유물인 급수탑이 있는 추풍령역은 경부선 역 중 가장 높은 위치에 있다.

추풍령에는 또 다른 의미 있는 이야기가 있다. 경부고속도로의 중간 지점에 있는 추풍령 휴게소는 임진왜란 때 군사적 요충지였다. 의병장 장지현이 의병 2,000명을 이끌고 왜군 2만 명을 맞아 치열하게 싸운 끝에 크게 물리쳤고, 다시 공격해 온 4만 명의 왜군에 맞서 팽팽히 싸우다가 장렬히 전사한 곳이다.

그 후 시간이 흘러 또다시 일제 침략에 굴복당하고, 식민지 당시 그들이 만들어 놓은 급수탑이 시대의 역사를 입증하듯 제자리에 그 모습 그대로 서 있다.

급수탑은 작은 공원 안에 있다. 빼꼼히 열려 있는 작은 철문을 밀고 공원 안으로 발을 들이민다. 사람이 밟은 흔적 없는 11월 낙엽이 수북이 쌓여 있다. 검은 구름이 어디선가 밀려온다. 순간 바람이 휙~ 불어 쌓인 낙엽을 흩날린다. 그 을씨년스러움에 문득, 에밀리 브론테의 『폭풍의 언덕』이 떠올랐다. 황량한 들판 위의 외딴 저택 워더링 하이츠를 무대로 한 히스클리프의 아름다우면서도 광적인 사랑을 떠올리며 조심스레 낙엽을 밟는다.

방문일 : 2016년 11월

• 충청북도 영동군 추풍령면 추풍령로 444
• 주변 관광지 : 직지사

세 번째 역,

추
억

정말 잘됐어요, ──────── 사라지지 않아서

험한 산자락에 놓인 철로

'철암역'의 첫인상은 시외버스터미널 같았다. 역사는 작지만 매표소가 있고 역무원이 상주해 있다. 한때는 매표소 없이 열차 안에서 승무원에게 표를 구입했던 때도 있었다고 한다.

영동선 철암역은 1940년 묵호와 철암 구간 철도가 개통되면서 영업을 개시했다고 한다. 그 당시는 태백에서 생산된 무연탄 수송이 주 업무였다. 플랫폼 한편에 전시된 석탄을 실어 나르던 화물차를 보며 당시의 시간을 더듬는다.

플랫폼에 홀로 서서 끝 모르게 이어진 철로를 본다. 아무도 없다. 마스크를 빼고 숨을 몰아쉬어 본다. 고개를 들어 산과 하늘을 본다. 북쪽에 함백산, 서쪽에 장산, 남서쪽에 구운산, 동남쪽에 청

옥산, 동쪽에 연화봉 등 1,000m가 넘는 고봉들로 둘러싸여 있다. 이 험한 산자락에 철로를 놓았을 그들을 생각했다. 얼굴에 까만 탄가루가 덕지덕지 묻은 채로 무연탄을 퍼 올리며 때로는 희망과 보람으로, 때로는 좌절과 고단함으로 하루를 보냈을 그들의 시간이 아득함으로 몰려온다.

철암역 역사를 나오면 맞은편에 '철암탄광역사촌' 방향표가 보인다. 철암천변을 따라 조용한 거리를 걷는다. 관광안내소가 보인다. 문은 닫혀 있다. 빨간 우체통도 있다. 관광안내소 뒷벽에 무연탄으로 쓴 듯한 삐뚤삐뚤한 글씨체가 눈에 들어온다.

월급 받아야 외상 주고 나면 쓸 돈이 없다. - 윤병준

석공 배지 달고 다니면 대우받던 시절이 있었다. 1960~70년대 월급 많이 받던 시절 30만 원 받았다. 1970년대 이후 이일 저일 해봤지만 그래도 석공 시절이 좋았다. 1960대 후반까지 광산 사원증 가지고 장가가기 좋았다. 그 당시 수입이 안정적이라 마누라 먹고 놀고 살았다. 탄광은 생산이 목적이라 사람이 죽고 사는 거는 문제도 아니다. - 신길원

매끈하지 못한 문장에서 그 당시 광부들의 생활상을 엿본다. 석탄산업이 호황을 누리던 때, '생산이 목적이라 사람이 죽고 사는 것은 문제도 아니었다' 할 만큼, 목숨을 내놓고 일을 해도 돈을 많이 벌 수만 있다면 좋았던 시절, 온몸으로 살아 왔던 옛사람들의 삶이 눈물겨워 삐뚤삐뚤한 글자를 보고 또 본다.

역사촌 입구, 커다란 돌 비석에 새겨진 비장한 문구를 본다.

> 남겨야 하나, 부수어야 하나 논쟁하는 사이에 한국
> 근·현대사의 유구들이 무수히 사라져갔다. 가까운
> 역사를 지우는 작업이 계속된다면 다음 세대는 박물
> 관의 이미지 자료나 뒤질 수밖에 없을 것이다. 이곳
> 철암 까치발 건물들은 근대 탄광 지역 생활사의 흔적
> 으로 소중히 기억될 것이다. 2013. 12. 20.

까치발 건물은 좁은 철암천 계곡을 따라 형성된 철암마을의 특징 때문에 붙은 이름이다. 1960~70년대 전국에서 몰려온 사람들로 주택이 턱없이 모자라자, 주민들은 하천 쪽으로 주거공간을 늘렸는데 철암천 바닥에 목재 또는 철재로 지지대를 설치해 건물을 증축하는 방식이었다.

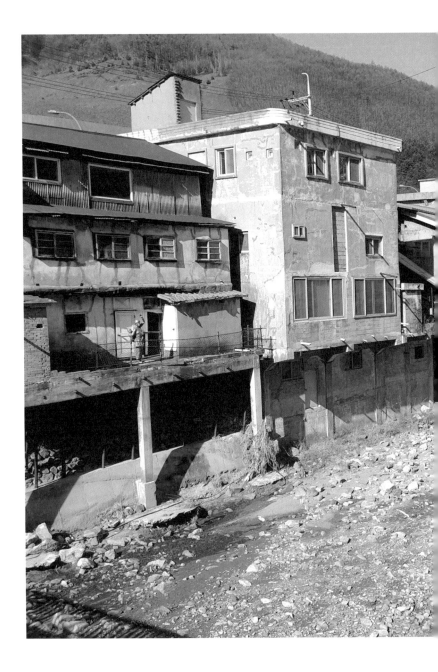

까치발 건물은 지지대 모양이 까치발처럼 생겼다고 해서 붙은 이름이다.

이 작은 마을에 일을 찾아온 사람들이 얼마나 많았는지 짐작이 간다. 하루의 거친 노동을 끝내고 밤이 되면 육신에 위로를 주는 주점을 찾는 그들의 발길에, 작은 마을 전체가 온통 불야성을 이룰 만큼 호황을 누렸다고 한다.

지금은 철암마을이 조용하다 못해 적막하다. 연변천은 물이 없어 바닥을 드러내고 까치발 건물은 더 이상 지탱하기가 힘들다고 아우성이다. 흘러가는 시간을 누가 막을 수 있나. 그냥 흐르는 시간에 몸을 맡길 뿐이다.

방문일 : 2021년 1월

- 강원도 태백시 동태백로 389
- 주변 관광지 : 철암탄광역사촌

옛 시간은 여기에

경주
양자동역

양동마을 초입에 들어서니 산자락 아래에 옹기종기 모여 있는 옛 마을의 모습이 그림처럼 나타난다. 고층 건물과 아파트에 길들여진 아이들은 새로운 세상을 만난 듯 깡충거리며 마을 안으로 뛰어들어간다. 그림 같은 옛 마을 속에 여행객이 무리 지어 다닌다. 친구, 부모, 아이와 함께 도란거리는 소리가 봄 햇살만큼이나 따듯하다.

양동마을에는 형산강의 풍부한 물을 바탕으로 넓은 인강평야가 펼쳐져 있다. 마을 입구가 좁아 임진왜란 때 왜군이 마을 입구를 발견하지 못하고 그냥 지나쳐 큰 화를 피했다는 일화가 유명하다. 그만큼 자연으로부터 보호받은 마을이다. 그래서인지 세월의

흐름 속에서도 꿋꿋이 자리하는 한옥의 정취에 남다른 격조가 느껴진다.

잘 다듬어진 마을 초입에서 바라보는 양동마을은 눈부시도록 곱다. 500년간 이어져 오는 양동마을은 빈한했던 초가마을의 흔적을 벗고 윤기 나는 초가마을로 거듭났다. 그 질긴 수명에 경의를 표하는 후손들의 손에 의해 멋지게 다듬어진 덕분이다.

마을은 새롭게 거듭나면서 신이 났다. 새로운 사람들이 몰려왔다. 이제 더 좋은 마을로 거듭나기 위해 낡고 느린 것은 버려야 할 때가 왔다. 발전하는 삶의 방식에 따라 자연스럽게 모든 게 따라서 흘러가야 한다. 함께 가지 못할 것은 버리고 새로운 것으로 갈아타야 한다.

양자良子동역은 그렇게 버려져야만 했나 보다. 원래 이름은 '어진 임금을 보필한다'는 뜻의 양좌동良佐洞에서 유래한 양동良洞이었으나 일제강점기 때 양자동으로 바뀌었다.

새로 단장한 멋진 양동마을 입구를 지나 큰 도로가 있는 쪽으로 걷는다. 그곳에서 마주한 사람들이 잘 다니지 않는 길, 낡고 노쇠한 철로, 낡은 벤치 두 개와 팻말 하나가 사라진 옛 시간이 여기에도 있었노라 말할 뿐이다. 지금은 사라진 간이역의 흔적들이다.

---

* 역사도 없고 기차도 정차하지 않지만 동해남부선을 경유하는 여객열차가 통과하고 있어서 철로 위로 올라가는 것은 위험하다. 2021년 12월에 불국사역, 경주역, 호계역과 함께 동해선 복선전철화의 영향을 받아 폐쇄될 예정이다.

방문일 : 2016년 4월

- 폐역
- 경상북도 경주시 강동면 인동리 727-2
- 주변 관광지 : 양동 한옥전통마을

이제는 역사 속으로

불국사역으로 가는 무궁화 열차를 타기 위해 플랫폼으로 갔다. 열차는 이미 대기하고 있다. 서둘러 열차 앞으로 간다. 순간 여기저기 뜯어진 옷자락처럼 남루한 모습에 깜짝 놀랐다. 노쇠함이 평범함을 넘었다. '참 많이도 달렸구나. 너도 이제는 좀 쉬어야겠다.' 나도 모르게 내 몰골을 본다. 그래도 아직은 내가 너보다 낫다.

활짝 열어젖힌 문의 손잡이를 꽉 붙잡고 올라탔다. 열차는 텅 비어 있다. 열차 안은 외관만큼 남루하지는 않다. 배정된 좌석 창가에 가서 앉는다. 숨을 고르고 휴대폰을 꺼내어 기차역 노선 정보를 본다.

내가 탄 무궁화 열차는 태화강역을 지나 호계역, 불국사역, 경주역을 거쳐 동대구역까지 간다. 그 사이에 있는 호계역, 불국사역, 경주역 세 곳이 2021년 12월 문을 닫는다. 문을 닫기 전 그 역들을 보고 싶어 나선 길이었다.

열차 노선 지도를 가만히 보면 역 이름 앞에 흰색, 흰색과 검은색이 반반인 원 모양 표시가 있다. 흰색은 배치 간이역이고 흰색과 검은색이 반반인 것은 무배치 간이역이다.

호계역, 불국사역, 경주역은 모두 흰색, 배치 간이역이다. 그 말은 역무원이 계신다는 뜻이고, 아직까지 역을 이용하는 승객이 꽤 있다는 의미이기도 하다.

차창 밖으로 호계역이 지나간다. 호계역은 1922년 10월, 힘찬 울음으로 세상에 자신의 존재를 알렸다. 그러다 1950년 소실되었다. 한국전쟁이 터졌을 때다. 나는 그때 태어났으니 우리의 운명이 엇갈렸구나. 현재의 호계역은 1958년 새로 태어났다. 지금의 호계역은 나보다 젊다. 그런데 나보다 먼저 떠나네. 너의 운명이 나보다는 조금 더 굴곡지구나. 그래서인지 차창 밖으로 스쳐지나는 음전한 너의 모습이 아련해 보인다. 오늘은 그냥 지나치지만 네가 떠나기 전, 반드시 다시 너를 찾아오리라.

불국사역은 1918년에 영업을 시작해 1936년에 현 역사로 신축해 이전했다. 플랫폼에서 보는 불국사역이 참 예쁘다. 플랫폼을 나

서기 전 여기저기 예쁜 모습을 폰에 담는다. 불국사역도 호계역과 함께 폐역될 것이다. 그나마 다행인 것은 근대문화유산으로서의 가치가 인정되어 2013년 철도기념물로 지정되었다. 불국사역의 이름이 나름 상징적이기도 하고, 역사가 한옥의 이미지를 닮았다는 이유에서다. 그 덕분에 폐선은 되어도 역사는 철거되지 않고 유지된다고 한다.

정말 잘됐다, 사라지지 않아서. 작은 읍에 사는 외할머니 댁처럼 소박하고 정겨워 보인다. 고향의 맛이다. 불국사역의 역사는 언제든지 보러 올 수 있다.

역사 벽에 붙어 있는 액자 속 흑백사진, 젊은 청춘들이 불국사 석굴암 앞에서 총이 아니라 곡괭이를 들고 있다. '14. 1. 30'이라는 날짜가 적혀 있다. 2014년이 익숙한 우리에게 1914년은 아마득해서 잊힌 숫자다. 그때도 청춘은 눈부시게 아름다웠다. 한때는 누구의 아들이었고, 누구의 오빠였고, 누구의 동생이었고, 누구의 연인이었을 그들.

방문일 : 2017년 7월

• 경상북도 경주시 산업로 3043-8
• 주변 관광지 : 불국사, 석굴암, 보문단지

소
박
하
고

아
름
답
게

호계역은 2021년 말, 100년의 역사를 뒤로하고 문을 닫는다. 동해선 복선전철화로 현재의 호계역은 폐역이 되고 북울산역으로 이전하게 된다. 북구 도심을 통과하던 철도가 없어지면 더 이상 역도 필요치 않다.

비교적 흐린 날이었다. 햇살이 뜨겁지 않을 거라 예상하고 출발했다. 곧 폐역이 될 역임에도 꽤 많은 승객이 내려서 역사 밖으로 나간다. 승객이 다 빠져나간 텅 빈 플랫폼에 서서 내 시야 끝까지 뻗어 나간 철로를 본다, 내 시야 끝, 그 너머로도 철로는 계속 이어져 있을 것이다. 그 아득함을 보는 게 좋아서 한참을 서성거린다.

철로 옆에 향나무가 병풍처럼 둘러쳐져 있다. 향나무 키가 세월을 말해 주는 듯하다. 얼마나 많은 승객들이 오가는 것을 지켜보았을까. 플랫폼에 세워진 표지판을 본다. 상행선, 하행선, 누군가는 올라가고, 누군가는 내려간다. 저마다의 방향대로, 인생길이 그런 것처럼.

역사는 작다. 여느 간이역처럼 단출하다. 그래도 고객을 위한 쉼터에는 에어컨이 팡팡 나오고 청결하다. 캐리어를 앞에 두고 휴대폰을 들여다보는 젊은이들도 몇몇 보인다.

휴대폰을 들이대기가 조심스러워 사진을 못 찍는다. 그런 장면이 사진으로 나오면 참 좋을 텐데, 나는 그런 면이 소심해서 사진작가는 못 될 것 같다.

간이역은 대부분 소박한 아름다움을 가지고 있다. 1922년 영업을 개시한 호계역은 1950년 소실되었다. 한국전쟁이 터졌을 때다.

소박한 아름다움을 간직한 호계역이 사라지지 않고 어떤 쓰임으로든 지난 철로의 역사를 알려줄 수 있었으면 좋겠다.

플랫폼을 나와 호계역 앞마당에 섰다. 역사 앞 광장에서 플랫폼까지 일자로 탁 트여 경계 이쪽에서 저쪽까지 거침없이 보인다. 문을 통하여 저 너머로 보이는 풍경이 보기 좋다.

승객들은 제 갈 길로 나가고 텅 빈 광장 앞 누군가가 우리처럼 갈 곳을 찾고 있나 보다. 나무 그늘에 서서 휴대폰을 들여다본다.

한 아주머니가 다가와 떡 한 조각과 휴지 하나를 주신다.

휴지에는 '○○교회'가 적혀 있다. 오늘 한 끼는 예수님이 주시는 만나로 해결이다.

방문일 : 2021년 8월

• 울산광역시 북구 호계6길 30
• 주변 관광지 : 박상진 의사 생가, 호계시장

독백은 허공에 떠돌고

나는 당신에게 잊힐까요?

기적 소리 처음 울렸던 1934년 12월 16일
일제의 군수물자 수송로 되었던 적,
새벽녘 암흑 불현 듯 깨운 1950년 6월 25일
온 나라가 전쟁의 비극에 젖었던 적,
나는 견디고 버텨 끝까지 달렸습니다.

교복 입은 학생들의 통학열차와
일터 나선 어른들의 통근열차 드나들 적,

주말이면 지척에서 물결치는 바다 감상하며

추억될 짧은 여행 떠났던 적,

나는 온갖 삶 싣고 기꺼이 달렸습니다.

나는 이제 역사가 되려 합니다.

더 이상 스쳐 지나갈 수 없는 바다와 멀리

더 이상 싣고 추억할 수 없는 사람들 떠나

더 이상 달릴 수 없는 사이가 되어 갑니다.

  − 역사 속으로 사라져버린 '송정역'

한때는 부식된 오랜 철로 옆에 세워진 표지판에 송정역의 독백
이 남아 있었다. 쓰임이 다하여 세상 밖으로 밀려나 지금의 세상
을 관조하며 지난 자신의 삶을 독백하듯 뱉어낸 글이 가슴을 때
렸다.

  그의 독백처럼 한때는 송정, 해운대 바다를 따라 기적 소리 내며
달렸었다. 힘들었던 격동의 시대를 온힘을 다하여 국가와 이웃에
봉사하며 견뎌 온 세월을 뒤로하고, 새 시대에 맞추어 신 송정역
에 새 역사를 내어주고, 구 송정역은 평화로운 지금의 세대에게 자

신이 해줄 수 있는 것은 이제 이것뿐이라는 듯, 남아 있는 힘으로
오랫동안 우리에게 작은 쉼터를 마련해 주었다. 송정역 끄트머리
'미포 건널목'에서 시작하여 '청사포 새길'까지, 철길 산책로가 시
민을 위한 공간으로 만들어져 오랫동안 부산 시민의 사랑을 받았
었다.

그러다가 2019년 11월 '해운대 블루라인파크'라는 이름으로 새
롭게 태어나, 해변열차와 스카이캡슐을 타고 이 구간을 달릴 수

있게 되었다. 한때 내 가슴을 아리게 했던 독백조차도 이젠 궁상 맞은 궁시렁에 불과하다. 구 송정역도 그런 신세가 되어 버린 걸까. 그의 독백조차 사라진 그곳에, 아이들 장난감처럼 생긴 예쁜 열차와 공중을 달리는 스카이캡슐이 마음과 눈을 신선하게 자극한다.

세상사, 모든 것은 그 쓰임이 다하면 세상 밖으로 밀려나고, 버려지고, 저절로 사라지고, 아예 잊히기도 하고, 더러는 새롭게 재탄생되기도 한다. 늙은 할머니가 어린 손자를 데리고 나와 예전에 이곳은 이랬단다 한들, 아이에게는 호랑이가 담배 피던 시절의 옛이야기일 뿐이고, 할머니에게는 되돌아갈 수 없는 지난 시간일 뿐이다. 추억은 사라진 것에 대한 또 다른 추억일 뿐인 것을.

방문일 : 2017년 11월

- 역사 이전
- 부산광역시 해운대구 송정중앙로 8번길 60
- 주변 관광지 : 블루라인파크

구
사
일
생
의
　
행
운

양평
석불역

황량한 들판 같은 곳에 뜬금없이 보이는 빨간 지붕에 파란 외벽 집을 예쁘다고 해야 하나, 촌스럽다고 해야 하나?

집만큼의 부피로 달려 있는 석불石佛역 간판. 한자가 주는 이미지만으로는 석불이 주위에 있었다는 뜻일 텐데….

완전히 사라질 운명에 처했다가 구사일생으로 새로운 몸으로 다시 태어난 역이다. 그래서일까, 몇 세기를 훌쩍 뛰어넘은 듯한 모던한 자태로 나타난 생소한 모습에 경악하며 튀어나온 말, '누구세요?'

그러나 다행히도 그 뒷모습에는 옛 친구가 세월과 함께 늙어간 흔적이 남아 있었다.

황량한 들판의 철로길. 축축한 흙내음이 콧속으로 들어온다.

심호흡을 해본다.

숨이 편안하다.

방문일 : 2018년 11월

• 경기도 양평군 지평면 망미리 1319-2
• 주변 관광지 : 지평향교

상처는 삶의 흔적이다

연천
연천역

고단한 삶을 살아온 연천역. 1912년에 태어나 100년을 살아가면서 만 가지 잔상을 다 겪었다. 일제강점기에는 의정부와 철원을 잇는 거점역으로 비중 있는 역할을 하며 고난에 찬 우리네 삶을 실어날라야 했다.

1945년 남북 분단 직후에는 북한 땅이 되면서 북측 경원선의 종점으로서 한국전쟁 준비를 위한 전초기지 역할을 했다. 화물 플랫폼 두 개 중 한 개는 그들의 군사화물 발송을 목적으로 만들어진 것이다. 전쟁이 끝나고 다시 우리에게로 돌아와서 어쩔 수 없이 이복형제를 잉태하고 낳아야만 했던 내 엄마의 슬픈 운명을 보는 듯했다. 2018년 7월 전철화 및 신 역사 공사과정에서 이 화물 플랫폼이 철거되었다.

몇 사람 안 내린 연천역 플랫폼에서 잠시 주위 산야를 둘러본다. 푸르름에 눈이 시리다. 2022년 12월 완공을 목표로 경원선 동두천역부터 연천역까지 구간을 전철화하기 위한 공사로 현재 경원선 열차 운행이 전면 중지되어 있는 상태다. 그런 연유로 맑고 깨끗한 연천의 자연을 즐기러 온 관광객들로 북적이던 연천역도 잡풀이 우거지며 황량한 모습을 하고 있다.

연천은 물이 유난히 맑고 흐름이 좋아서 급수탑이 그 역할을 톡톡히 했었다. 옛 경원선을 달리던 증기기관차에 물을 공급해 주기 위해 세워진 급수탑. 원통형과 상자형의 두 급수탑이 100여 년이 다 되어가는 지금도 그 형태 그대로 보존되어 있다.

처음에 원통형 급수탑을 보았을 때는 푸른 넝쿨이 타고 올라가 외관을 둘러싸고 있었다. 흡사 초록색 드레스를 입은 노부인의 모습 같아 근접하지 못할 신비감을 풍겼는데, 시간이 지나 다시 찾아갔을 때는 녹색 넝쿨이 깨끗이 벗겨져 있어 노부인의 맨살을 그대로 보는 듯 황망하고 민망했다.

푸르른 녹음의 계절이 지나 가을과 겨울을 거치면서 푸른 넝쿨이 시들어 앙상하고 추레한 모습으로 변했나 보다. 새로운 푸르름을 싹틔우기 위함이었으면 좋겠다.

상자형 급수탑에는 한국전쟁의 흔적인 총탄 자국이 여기저기 남아 있어 당시의 치열함을 눈으로 확인할 수 있다. 부디 이 험한 자국을 새로이 단장한다고 감추지 말기를 간절히 바란다. 상처는 삶의 흔적이다. 상처는 한 인생이, 사물이 어떤 시간을 거쳐 현재에 이르렀는가를 보여 주는 역사다. 부디 지난 역사를 있는 그대로 보여 주기를.

---

* 2021년 11월 현재 지하철 1호선 소요산역에서 연천역으로 가는 버스를 탈 수 있다. 소요산역은 출구가 하나인데, 출구에서 나와 길 건너 맞은편에서 연천군에서 운행하는 대체버스를 타면 된다.

방문일 : 2017년 8월

· 경기도 연천군 연천읍 연천로 273-7
· 주변 관광지 : 동막계곡, 역고드름

철마는 달리고 싶다

아프고 아프다. 한국전쟁으로 국토가 분단되었다. 계획대로라면 원산에서 서울까지 흰 연기 내뿜고 기적 소리 울리며 달려야 했거늘, 어느 고요한 일요일, 느닷없이 남으로 밀고 들어온 북한 군인들로 아수라장이 되고 결국은 두 토막이 나면서 그 야심찬 계획을 포기해야 했다. 그래도 반토막이나마 기적 소리를 들을 수 있어서 얼마나 좋은가? 열차를 타고 북한이 바로 코앞에 보이는 곳까지 다가갈 수 있다니 그 또한 좋지 아니한가. 언젠가 힘차게 기적 소리 울리며 북으로 북으로 가보자.

1952년 10월에 벌어진 한국전쟁 중 가장 치열했던 백마고지 전투. 철원 395고지는 철원평야를 한눈에 볼 수 있는 전략적 요충지

여서 이곳을 점령당하면 철원 일대가 위협받을 수 있기에 한 발자
국도 물러설 수 없었다. 10일 동안 치열한 전투가 있었다. 뺏고 뺏
기기를 수차례, 결국 북한군과 중공군 약 1만 명, 국군과 연합군 약
3,500명의 사상자를 내고 중공군을 완전히 물리쳤다. 심한 포격
으로 산등성이가 허옇게 벗겨져서 하늘에서 내려다보면 마치 백
마白馬가 쓰러져 누운 듯한 형상이라 하여 '백마고지'라고 부르게
되었다.

그 험한 일을 겪고 지금껏 안내하며 버텨 왔다. 안내의 끝이 반드시 옴을 믿나니, 그러기 위해, 그날을 위해 우리는 너와 소통하기 위해 빨간 우체통을 세워 놓았다. 아직 부치지 못한 편지가 차곡차곡 쌓여 있지만 언젠가 절절한 사연 담긴 편지가 기적 소리 요란히 내며 달려갈 날이 있을 터이다.

* 2019년 4월 1일부터 한국철도시설공단에서 시행하는 동두천 – 연천역 구간 전철화 공사가 끝날 때까지 통근열차 운행을 중단하고 버스로 대체 운행 중.

방문일 : 2017년 8월

• 강원도 철원군 철원읍 평화로 3591
• 주변 관광지 : 백마고지 기념관

사
찰
기
차
역
의
쓸
쓸
함

김천
직지사역

오래전 폐역이 된 직지사역으로 가려면 먼 시골에 있는 친정집 찾아가듯 아침 일찍 집을 나서야 한다. 기차를 타고, 다시 버스를 타고, 그리고 걸어서 한참을 가야 닿는 길. 승용차로 달리면 이런 번거로움이 없기도 하겠지만, 폐역을 찾아갈 때는 걷는 게 제맛이다.

버스에서 내려 도로를 벗어나니 이내 익숙한 시골길이 나타난다. 버스정류장에서부터 곳곳에 붙어 있는 방향 표지판을 따라 10분가량 마을길을 따라 들어갔다. 깨끗하게 잘 닦인 고즈넉한 풍경이 좋다. 집 마당의 과실나무가 가던 길을 멈추게 한다. 낮은 담장 너머로 팔을 쭉 뻗어 하나 따고 싶은 충동을 억누른다. 주위 산천을 둘러보며 기차역이 이렇게 깊은 곳에 있었나 속으로 살며시 놀랐다.

직지사역은 인근에 있는 직지사의 사찰명을 따서 지은 기차역 중 하나로 불국사역에 이어 두 번째로 오래된 사찰 기차역이다. 한때는 명승지 직지사를 찾는 참배객으로 인산인해를 이루고, 사월 초파일에는 임시열차까지 운행되었다고 한다. 그러던 것이 시대의 변화에 맞추어 뒤로 밀려나 지금은 이렇듯 옛 시간을 추억하는 한가로운 여행객의 발걸음만 있을 뿐이다. 그래도 우리나라에서 역사가 보존되어 있는 몇 안 되는 역이다.

역사 뒤편에 기차카페가 있다. 요즘 간이역에 가면 자주 볼 수 있는 카페다. 옛 역사는 작은 매점을 운영하고 있다. 이곳을 직지사 복지재단 산하의 김천 시니어 클럽에서 어르신 일자리 창출 사업의 하나로 운영하고 있단다. 얼마나 좋은가. 노인들에게 일자리도 제공하고, 옛 역사도 살리면서, 지난 시간을 탐색하는 교육 공간으로도 활용될 수 있으니. 문득 폐역의 쓰임과 노인의 쓰임이 같다는 생각에 씁쓸한 미소를 속으로 삼킨다.

빈 철로, 지금은 갈 수 없는 담장 너머 철길. 잠시 서서 머릿속으로 스쳐지나가는 영상 한 장면을 붙잡는다. 하얀 칼라의 교복을 입고 책가방을 든 여학생, 검정 모자에 교복을 입고 가슴에 배지를 단 남학생, 말끔하게 차려입고 중절모를 쓴 중년 신사, 농산물을 머리에 이고 등에 지고 팔러 가는 아저씨와 아줌마들. 기적 소리 삑 울리며 들어오는 기차, 이제는 모두가 흑백영화 속의 장면으로만 볼 수 있는 옛 그날들. 나의 청춘과 함께 흘러간 시간.

떠나지 마라, 떠나지 마라.

직지사역 앞에 세워진 박해수 시인의 시문이 떠나려는 내 발걸음을 차마 떼지 못하게 한다.

방문일 : 2016년 10월

• 폐역
• 경상북도 김천시 대항면 덕전길 308-65
• 주변 관광지 : 직지사, 직지공원

네 번째 역,

일
상

오랜 말동무가 있어서 —————— 감사

억지 춘향을 아시나요

봉화
춘양역

- 춘양春陽 : 경상북도 봉화 지역의 옛 지명. 염원적 봄
  볕. 산간 오지의 지역 성격으로 보아 봄을 염원하는
  의미.
- 춘향春香 : 작자 미상의 고전소설 〈춘향전〉에 나오
  는 여자 주인공 성춘향. 이도령의 연인.

춘양 하면 '억지춘양' 또는 '억지춘향'을 떠올리는 사람이 많다. 일단 단어가 주는 뉘앙스가 재미있기 때문에, 어떤 특별한 사연이 있을 거라 생각하는 것이다. 나도 그랬다. 이몽룡과 성춘향을 떠올리며 내가 모르는 재미있는 야사가 있나 보다 생각하고 여기저기

많이도 들쑤시며 한참을 검색했다. 위키백과에서 찾아낸 '억지춘양'에 관한 정보다.

한국어의 관용적 표현 중 하나로 '억지춘양' 또는 '억지춘향'이라는 말이 있다. 이 말의 유래는 여러 가지로 추측되는데, 그중에 하나가 바로 춘양역과 관계가 있다. 본래 일제강점기 당시 영암선을 부설할 때는 춘양을 통과하지 않기로 계획되어 있었으나 해방 후 그 계획이 자유당 집권 당시 비중 있는 정치인이었던 봉화군 출신 정문흠의 요구로 인해 갑자기 수정되어 춘양을 경유하도록 철로가 S자로 굽어져서 부설된 데서 유래했다는 설이다. 또는, 영동선 건설 당시 산고개에 터널을 뚫을 기술이 부족해 불가피하게 마을을 통과하게 되었기 때문이라는 이야기도 있다.

— 위키백과

힘있는 정치인의 요구로 할 수 없이 춘양역이 만들어져야만 했다는 뜻이다. 권력 있는 한 개인의 영향력으로 억지로 만들어졌다 해도 역이 생김으로써 주민들에게는 나름의 편의가 생겼을 거라

생각하니, 굳이 나쁘게 생각할 것도 없겠다.

춘양역에 내려 작은 역사 안으로 들어갔다. 역사 벽에 붙어 있는 연혁을 본다. 1941년에 영업을 개시했다. 해방 전이다. 1945년에 전쟁으로 연합군에 의해 파괴되고, 10년 후인 1955년 신 역사를 준공하고 그해 7월에 다시 영업을 개시했다. 그 사이 무궁화호, 비둘기호가 다녔을 터이다.

그러다가 1998년 신 역사로 이전, 2000년 10월에 비둘기호가 운행 중단되고 2004년 3월에는 통일호가 운행 중단됐다. 다시 2013년 4월 중부내륙순환열차O-train와 새마을호가 운행 재개하고 2017년 12월에 강릉선 백두대간협곡열차V-train가 정차했다. 그리고 2020년 2월 3일, 중부내륙순환열차 운행이 중지됐다.

　연혁을 읽으니 숨이 차다. 참으로 다사다난했다. 우리 부모님 세대가 살아온 시대를 말해 주는 듯해서 마음이 스산했다. 맞이방에 붙어 있는 흑백사진 속 봉화군에 위치한 간이역들의 지난 모습을 본다. 저 역들을 오간 사람들을 떠올린다. 그 시절 삶의 무게를 생각한다. 간이역을 향해 낭만이란 단어를 입에 올리는 것이 무례하게 느껴진다.

방문일 : 2021년 4월

• 경상북도 봉화군 춘양면 운곡길 22-2
• 주변 관광지 : 유형문화재 봉화 의양리
　석조여래입상

봉하가 아니라
봉화라고요

봉화

봉화역

- 봉하烽下 : 경상남도 김해시 진영읍 본산리에 속한
  다. 봉화산 봉수대 아래에 있는 마을이라 하여 '봉하
  마을'이라고 불린다.
- 봉화奉化 : 경상북도 북부에 있는 군. 백두대간 태백
  산과 소백산 중앙에 위치한 영남의 최북단이다.

봉화마을에도 재미난 일화가 있다. 고 노무현 대통령 생가가 있
는 김해 봉하마을로 착각하고 오는 사람이 많다는 것이다. 나도
봉화가 봉하인 줄 알고 한참을 헷갈렸다. 그런데 나 말고도 여러
사람이 헷갈리는 모양이다. 사람들이 봉화에 와서 '노무현 전 대

통령 생가'가 어디냐고 곧잘 묻는단다.

봉화奉化역, 플랫폼에서 긴 호흡을 하고 주변을 둘러본다. 오늘도 이곳 플랫폼에 서 있는 사람은 친구와 나 둘뿐이다. 출구 앞, 옹기종기 모아 놓은 항아리에 멋진 환영 문구가 적혀 있다.

'오늘을 위해 열심히 달려오신 당신 환영합니다.'

봉화역은 하루 20여 명의 이용객이 있는 작고 조용한 간이역이다. 봉화역 발매소에 역무원이 계셨다. 요즈음 웬만한 작은 간이역은 자동발매기만 있는 곳도 많다. 기차여행을 많이 하는데도 이상하게 역무원이 안 계시는 역에서는 작은 불안감이 생긴다. 사람이 사람을 만나 도움을 받는다는 것은 커다란 위안이다.

작은 역사 벽에 붙어 있는 액자 속의 시, 고대승(재가 수행자) 님의 글을 만났다. 고대승이 필명인지, 진짜 이름인지 아니면 법명인지, 존칭인지 모르겠다. 내 눈에는 큰 스님이란 뜻으로 비친다. 아무려면 어떠리, 머리를 확 치는 깨우침의 글을 주셨으니 누구든 인생의 스승이다.

화가 나서 한 번 치받으려다 생각합니다. '이렇게 하면 행복할까?'

When I want to criticize the other person anger.

I think 'Will I be happy if I say like this?'

간략하면서도 힘 있는 메시지다. 그래. 참자! 매사에 참자! 치받고 나면 얼마나 후회가 되는지 수많은 경험으로 알고 있잖아. 봉화역, 이 작은 역사에서 큰 깨우침을 얻는다.

유심히 보면 아담한 마을의 역 앞에는 대부분 파출소가 있다. 봉화역 앞에도 봉화파출소가 있다. 봉화역 옆에는 허리가 조금 구부러진 할머니가 하시는 고려슈퍼도 있다. '다 쓰러져가는'이라고 표현할 정도는 아니지만 허리가 굽은 슈퍼 할머니만큼 나이가 든 가게다.

드르륵 조심스럽게 문을 열었다. 할머니 세 분이 앉아 계셨는데 한창 말씀하시다가 모두 말을 멈추고 느닷없이 나타난 낯선 객을 쳐다보신다. 그 싸한 분위기에 얼른 말을 꺼낸다.

"맥주 있나요?"

"야 ~"하면서 생수 한 병을 주신다. 귀가 어두우셨거나 아니면 음전하게 생긴 두 여자가 찾는 것이 맥주일 리가 없을 거라 생각하셨는지도 모르겠다. 다시 말에 힘을 주어 맥주를 찾았다. 빵이 있느냐고 물었더니 선반에 올려 있는 바구니 채로 내미시는데, 빵두 봉지와 카스타드가 낱개로 몇 개 들어 있다. 빵은 날짜가 지났

다. 슬쩍 빵을 놓아두고 카스타드 두 개를 집어 들었다.

할머니들, 새 얼굴이 보이니 반가우셨나 보다. 말을 붙이신다. "동네 사람은 아닌 것 같은데 어디서 왔소?" "어디서 묵소?" 나도 성심껏 대답으로 응대했다. 나도 할머니지만 나보다 훨씬 더 나이가 많아 보이는 세 할머니다. 모두 같은 또래로 보인다.

가게를 나오면서 이 생각 저 생각이 들었다. 세 할머니가 오래전부터 같은 동네 동무셨나? 세 분이 계시니 얼마나 다행인가? 오래된 말동무가 있다는 것은 행복한 일이다. 슬쩍 부럽기까지 했다.

오늘 하루 묵을 숙소 '만회고택'을 찾아간다. 하늘이 저녁 색으로 물든다. 길에는 인적이 없다. 걷노라니 어디선가 때앵 때앵 소리가 들린다. 기찻길 건널목에 기차가 지나간다는 것을 알리는 소리다. 조금은 빠른 속도로, 조금은 단조롭게, 괜스레 우수에 젖는다.

갈림길이 나타났다. 잠시 서서 어느 길인지 망설인다. 휴대폰을 꺼내 곧 방향을 잡았다. 요즈음은 폰 속에 길이 들어 있다. 손바닥만한 폰 안에 세계의 길이 다 들어 있다. 없는 것은 내 인생의 길뿐이다.

방문일 : 2021년 4월

• 경상북도 봉화군 봉화읍 봉화로 1072 – 1
• 주변 관광지 : 청량산, 고택마을, 오전약수탕

탑보다 성을 닮은

의성
탑리역

　부산에서 무궁화 열차로 약 세 시간 걸리는 탑리역. 내가 기차여행을 즐기는 이유 중 하나는 모자란 잠을 잘 수 있어서다. 이날도 여전히 내 옆자리는 비어 있다.

　어디쯤에선가 열차가 덜컹했다. 잠들었다 살포시 깼다. 어디쯤에서 열차에 올라탔을까. 내 뒷좌석에서 조근조근 말소리가 들려온다. 최대한 낮춰서 하는 말이지만 다 들렸다. 아마 함께하기로 한 친구가 한 사람 더 있었던 모양이다. 그 친구 엄마가 계시는 병원에서 전화가 와서 부득불 그곳엘 가야 했었나 보다.

　"후유, 우짜겠노. 지밖에는(딸밖에는) 못 알아본다 카이. 사위 보고는 아저씨는 어디서 왔소? 칸다 안 하나. 그나마 같은 사람은 알아보는지 다음에 가면 아저씨 또 왔네요, 한다. 그래도 육신은 멀쩡한갑대. 병원에서 삼시 세끼 꼬박 챙겨 주는 데다가 운동도 시간 맞춰서 시켜 주니까 몸은 집에 있을 때보다 훨씬 더 좋아졌단다."

"아이구야 다행이다. 그만도 고맙다."

"그래, 중증환자도 많은갑더마는."

감히 뒤돌아보지는 못하고 책을 펼쳐 놓은 채 두 사람이 하는 소리에 나도 모르게 귀가 쫑긋해서 듣고 있다. 다음 정거장에서 일어나 나가는데 얼굴은 못 보고 뒷모습만 봤다. 나보다 조금 아래인 듯했다. 그러니 친구 어머니는 90쯤 되지 않으셨을까, 혼자 추측해 본다. 흔히 '남 말이 아니다'라고 한다. 인생에서 통과해야 하는 문, 그 직전에 있는 우리. 과연 우리 중 몇 사람이나 품위를 지키며 그 문을 통과할 수 있을까?

과연 치매가 최악인지는 한번 생각해 볼 일이다. 신이 인간에게 준 선물 중 하나가 '망각'이라는데, 그런 의미에서 본다면 개인에게는 축복일 수도 있지 않을까? 살면서 행한 부끄러운 기억, 상처와 아픔으로 인한 고통 등 우리 인생에서 기억하고 싶지 않은 것을 잊어버림으로써 그 고통에서 해방될 수 있고, 아름답고 순수했던 어느 시점으로 돌아갈 수 있으니 말이다.

일본 작가 오치아이 게이코의 소설 『우는 법을 잊었다』에서 딸은 치매에 걸린 엄마를 집에서 직접 돌본다. 엄마는 딸을 엄마로 부르는 아기가 되어 버렸다. 딸을 엄마라 부르며 어리광을 부리고 모든 것을 엄마에게 의탁한다. 바꿔 생각하면 아기가 된 엄마는, 이 세상 모든 짐을 내려놓고 엄마(딸)에게 전적으로 자신을 의탁하고 보호받는다. 그동안 너무 힘들게 살았으니 아프고 고통스러운 지난 기억들이 많을 터이다. 이제 모두 잊고 아기처럼 평화롭게 살다 가라고 신이 주신 마지막 선물은 아닐까? 내 생각이 엉뚱한지 모르겠다.

그래도 오치아이 게이코의 소설 속 여주인공처럼 그런 어머니를 집에서 수 년 부양한다는 것은 무리다. 가족에게 너무 가혹하다. 이미 가족을 잊어버리고 다른 세계에서 살고 있는 사람을 사랑이라는 이름으로 붙잡고 있는 것은 아니라는 생각이다. 소통되지 않는 세계에서의 관계는 지나온 좋았던 시간까지도 괴로움으로 변질시킬 수도 있다. 그들이 그들만의 세상에서 자유롭게 생활할 수 있도록 멀리서 지켜보는 정도로 좋지 않을까.

두 아주머니의 대화로 인해 잠시 다른 생각에 빠져들었다. 마음이 착잡해서 책에 눈이 가지 않는다. 멍하니 차창 밖을 보고 있는데 안내 방송이 나온다. 깜짝 놀라 서둘러 내렸다. 이런 작은 역에서는 정거하는 시간은 짧다.

기차는 나 혼자 달랑 남겨 놓고 쏜살같이 떠나 버렸다. 잠시 멍하니 있다가 거기 누구 없소 하는 마음으로 내린 그 자리에서 주위를 두리번거렸다. 발아래를 본다. 잡풀이 정강이까지 자라 있다. 이런 거친 풍경 참 오랜만이다. 갑자기 행복해졌다. 요즈음은 웬만한 간이역 플랫폼도 깨끗이 시멘트로 닦여 있어서 이런 풍경은 참으로 귀하다.

게다가 유럽의 어느 작은 마을 성채처럼 생긴 탑리역은 행복의 지수를 더 높여 준다. 탑리역 뒤로 보이는 뾰족한 교회당도 그다지 이질감이 들지 않게 눈에 들어온다. 행복에 젖은 마음으로 서둘러 플랫폼을 빠져나가고 싶지 않다. 성채처럼 생긴 탑리역을 마주하고 사진을 찍어 댔다.

탑리역, 와 보고 싶었다. 지난번 봉화역 가는 길에 지나치며 보았던 역이다. 우리나라 간이역답지 않은 생뚱맞은 역사에 눈이 갔다. 오직 그뿐이다. 특별한 이유는 없다.

탑리역은 1940년에 보통역으로 영업을 개시했다. 내가 태어나기 전이다. 그러다가 1950년 한국전쟁으로 소실되었고, 1958년 6월에 다시 역사를 신축했다. 지금의 탑리역은 1997년 12월에 다시 신축된 건물이다.

인근에 위치한 금성산성을 본떠서 성의 형태로 설계되었다고 하는데 '탑리'라는 지역명을 살려서 디자인한 듯하다. 그래도 탑이라고 하기보다는 성의 분위기에 가깝다. 나는 자꾸만 성채라고 표현하게 되는데, 왠지 탑리역을 보면 탑도 아닌 것이 온전한 성도 아닌 것이, 성을 지키는 관문, 요새처럼 보여서다. 탑리역 성채 위에서 아래를 내려다보며 쳐들어오는 적군에 불화살을 쏘아 대는 아군을 떠올린다. 내가 영화를 너무 많이 봤다.

방문일 : 2021년 7월

• 경상북도 의성군 금성면 탑리5길 31
• 주변 관광지 : 오층석탑

연인들의 발길이 잦은 곳

간이역에는 옛 조상들의 정서가 그대로 들어 있다. 역의 이름은 마을이나 지역의 이름을 따서 그대로 붙인 것이 많다. 임진왜란과 일제강점기를 거치면서 우리나라 곳곳 어디라도 일제의 흔적이 없는 곳이 있겠는가마는 구둔마을도 '아홉 구九, 진칠 둔屯'으로 임진왜란 당시 왜군을 물리치기 위해 마을 산에 진 아홉 개를 설치했던 것이 유래가 됐다고 한다.

낡은 폐역에는 이곳이 드라마와 영화 배경지로 알려진 곳이라고 광고하듯 그 흔적들이 곳곳에 놓여 있다. 그래서인지 연인들의 발길이 잦은 곳이다. 사랑에 겨운 연인들은 이 시간을 그냥 흘려 보내기가 아까운가 보다. '이 사람을 무척 좋아하고 있답니다. 절대

헤어지지 않을 거예요'라며 행복한 순간을 기억하고 인정받고 싶어 낡은 벽에 빼곡하게 사랑의 맹세를 적어 붙여 놓았다.

저 연인들은 모두 지금도 잘 만나고 있는지. '부디 다른 사람 데리고 와서 두 번씩 이름을 올리는 불상사는 없으면 좋겠다.' 할매는 젊음에 시새움이 잔뜩 나서 퉁명스런 일침을 놓는다.

역사는 일제강점기 때 건축물이다. 옛 일본식 집은 앞문과 마루, 뒷문이 일자로 탁 트이게 지은 것이 많다. 이곳도 그렇다. 앞문에

서 뒷문까지 일자로 통하는 곳으로 나가면 눈앞에 소원의 쪽지가 주렁주렁 달려 있는 소원의 나무와 마주친다.

〈한 단계, 한 단계, 꿈을 향해 성실히 나아가다 보면 언젠가 꿈은 이루어집니다.〉

소원을 이뤄 주기 전에, 나무가 너무 힘들어서 먼저 죽어 버릴 것만 같다. 소원은 그냥 마음으로만 간절히 빌면 어떨까? 주렁주렁 소원을 매달고 있는 나무를 보는 순간 흉물스럽다는 생각마저 들었다. '자연사랑, 나무사랑'을 외쳐 본다. 그래도 작은 간이역 식당에서 먹은 우동은 작금의 시대에 찾은 여행자의 낭만이었다.

방문일 2018년 11월

- 폐역
- 경기도 양평군 지평면 구둔역길3
- 주변 관광지 : 양평 두물머리

못다 핀 청춘의 넋이
잠든 만세길

삼월 하늘 가만히 우러러보며
유관순 누나를 생각합니다.
옥 속에 갇혀서도 만세 부르며
푸른 하늘 그리며 숨이 졌대요.

이 노래가 언제부턴가 우리의 기억 속에서 서서히 잊히고 있다.

3월 1일만 되면, 농 속에 고이 접어 넣어 두었던 태극기를 꺼내어 집집마다 대문 앞에 내걸던 의례도 차차 사라졌다. 지금은 단순한 공휴일, 평일이 끼어서 연휴가 되면 더없이 좋은 날이 되었다. 모두 가방을 꾸리고 여행을 떠날 준비를 한다. 지금의 이 풍요

로운 삶이 선조들의 고통과 인내로 이루어졌다는 것을 우리는 얼마나 알고 기억하고 있는가.

경부선 구포역 앞 광장, 아직 이른 가을 낙엽을 쓸고 있는 아저씨의 손길이 부지런하다. 그분들의 부지런함이 있기에 광장이 이토록 깨끗한 것이리라. 구포역 앞에 세워진 '고객중심, 생활철도'라 새겨 놓은 돌 비석과 이른 가을 햇빛을 가려 주는 오래된 나무 그늘에서 한가로이 시간을 보내고 있는 노인들의 뒷모습이 어느 시골 마을에 와 있는 듯한 착각을 일으킨다. 넓은 광장으로 걸어 나오다 우람한 엘리베이터를 마주하며 이내 착각임을 깨닫는다.

광장에서 오른쪽 골목길로 들어서면 깨끗하게 잘 닦인 길을 사이에 두고 양쪽으로 정겨운 서민들의 먹거리 간판이 줄지어 있다. 밤이 되면 하루 품을 팔고, 피로를 풀러 나온 구포 사람들로 벅적인다.

구포 만세길(구포 만세거리)은 여기서부터 시작된다. 입구에 낯익은 붉은 원이 눈에 들어온다. 구포 주재소(일제강점기에 순사가 사무를 맡아보던 기관, 현재의 파출소) 현판인데 일본기처럼 보인다. 그 옆으로 보이는 태극기들, 이날 따라 바람이 분다. 일렬로 이어져 바람에 나부끼는 태극기에 마음이 울컥, 가슴 한쪽이 묵직하게 짓눌려 온다. 생각지 못했던 순간이며 느낌이다.

아직 만세길로 들어서지도 않았는데, 초입에서부터 이런 감정이 솟구치다니 태극기의 물결이 이토록 감동이구나. 이어지는 벽화와 사진 속 만세를 부르는 사람들이 지금이라도 태극기를 흔들며 골목으로 뛰어나올 기세다.

지금은 모습을 달리하고 있지만 3·29 구포장터 만세운동 주역들의 집터가 있었던 구포 만세길은 1995년 9월 28일, 광복 50주년 기념사업의 하나로 구포장터 만세운동의 항일독립정신을 기리기 위해 지정되었다.

1919년 3월 1일 '조선은 독립된 나라이며 조선 사람이 주인'이
라는 내용의 〈독립선언문〉이 발표되고, 이것을 시작으로 전국에서
독립 만세운동이 펼쳐졌다. 이 운동으로 수많은 사람이 옥에 갇혀
고문을 당하고 죽임을 당했다. 사실적으로 묘사된 벽화 하나하나
를 본다. 검정 치마에 흰 저고리를 입고 태극기를 흔드는 모습의
벽화 앞에서 오래도록 잊고 있던 유관순을 떠올렸다. 해마다 삼일
절이면 공식적으로 집집마다 태극기를 내걸고, 학교에서도 유관순
누나의 노래를 불렀던 때가 있었다.

비록 담벼락 한 모퉁이에 그려진 그림이지만, 이 그림 앞에 섰을
때, 못다 핀 청춘들이 안타까워 눈시울이 뜨거워졌다.

만세길을 걸어나와 낮은 굴다리를 지나면 바로 구포시장이 나
온다. 아직 저녁나절이 채 되지도 않았는데 입구는 사람들로 벅적
인다.

바로 이곳 장터에서, 1919년 3월 29일 정오에 농민과 상인, 노동
자로 구성된 20~30대 청년 1,200여 명이 태극기와 '대한독립만
세'라고 쓴 현수막을 들고 만세를 불렀다. 당시 장터에 나왔던 시
민들도 합세하여 독립의 뜨거운 열망을 보여 주었다. 그 이후, 만
세운동을 주도한 주동자가 붙잡혔지만 이에 굴하지 않고 더욱 거

세계 저항한 것으로 알려져 있다.

1999년부터 구포시장에서는 그때의 정신을 되새기기 위해 매년 3월에 구포장터 3·1운동 재현 행사가 열린다.

구포 경부선 철도역 맞은편에 도시철도 구포역이 있다. 도시철도 구포역 역사 안으로 들어가면, 예전 구포 나루터가 있던 곳에 전망대가 마련되어 있어서 잠시 피곤한 발길을 멈추고, 하늘과 도로와 저 멀리 아파트를 품고 있는 낙동강을 볼 수 있다. 아, 여기가 이렇게 좋은 곳이구나, 새삼 구포역의 앉음새를 생각한다.

방문일 : 2016년 10월

• 부산광역시 북구 구포만세길 36-9
• 주변 관광지 : 구포만세길, 구포시장

동해로 이끄는 효자역

부전역 입구 건너편 부전지구대 벽에는 잘생긴 경찰관 아저씨가 귀에다 통신기를 꽂고 귀를 기울이는 커다란 그림이 붙어 있다. 누군가가 전화를 걸면 바로 튀어나올 듯한 모양새다. 귀 부분에는 긴급전화가 설치되어 있고, 그 옆에는 '국민의 목소리에 귀 기울이겠습니다'라는 문구가 새겨져 있다.

부전역에 갈 때마다 이 그림 앞에 잠시 멈춰서서 사진 한 장을 꼭 찍는다. 그림이 주는 메시지가 너무 마음에 든다.

부전역 앞 광장은 어르신들의 쉼터다. 주변에는 어르신들이 즐겨 먹을 만한 먹거리들을 파는 노점상들이 즐비하다. 노상에서 파는 500원짜리 믹스커피, 김이 모락모락 나는 갓 찐 듯한 옥수수,

붕어빵, 여름에는 아이스크림 파는 아저씨가 진을 치고 앉아 있기도 한다.

내가 갔던 날도 믹스커피 한 잔씩 들고 나무 그늘에 자리 잡고 앉아 오는 사람, 가는 사람, 오는 차, 가는 차를 마냥 쳐다보고 계시는 어르신이 서너 분 보였다. 저 멀리서 내 걸음따라 그들의 눈길도 따라온다. 왠지 민망한 마음에 걸음을 빨리한다.

부전역은 1932년 7월 15일에 서면역이란 이름으로 개업했고,

1943년 4월 1일에 역을 이전하면서 현재의 이름으로 개칭했다. 동해선의 시종착역이며, 현재는 KTX, SRT 등 고속열차는 부산역에 자리를 내어주고 주로 무궁화 열차가 정차한다.

기차여행은 무궁화 열차가 제맛이다. 무궁화 열차는 평일에도 경로요금이 적용된다. 편도 몇 천 원이면 차창 밖으로 동해를 보며 낭만에 젖을 수 있다. 그래서인지 대기실에는 평일에도 등산복을 입은 어르신들이 많이 눈에 띈다. 시간이 많은 어르신들에게 부전역은 효자역이다.

방문일 2015년 8월

• 부산광역시 부산진구 부전로 181
• 주변 관광지 : 부전시장

철로에 남은
쇠잔한 평화

부산
구 해운대역

타지에서 부산으로 여행 오는 사람들이 가장 많이 찾는 곳은 해운대다. 여름만 되면 가장 벅적이는 곳이다. 해운대 해수욕장으로 가려면 해운대 도시철도역 9번 출구로 나오면 되고, 맞은편 7번 출구로 나오면 옛 해운대역이 있다.

구 해운대역은 현재 광장이라 이름한다. 어디나 그렇지만 옛 폐역 앞 광장은 사람보다 비둘기의 쉼터다.

구 해운대역은 1934년 7월 15일 부산진과 해운대 간 동해남부선이 개통되면서 영업을 시작했다. 동해남부선은 일제강점기 때 동해안의 석탄과 목재, 해산물 등을 반출하고 함경선과 부산과의 연결을 긴밀하게 하기 위해 건립되었다. 지금의 구 해운대역은 1987년

11월 신축 준공했다. 그 후 2013년 새 역사로 이전하면서 폐역이 되었다.

1987년에 새로 신축된 구 해운대역은 우리나라에서 보기 드문 팔각정 지붕의 역사를 가지고 있다. 팔각정 모양의 지붕을 가진 건축물은 대부분 전망대나 오래된 큰 한식집 등에서만 보았는데, 기차 역사를 팔각정으로 한 것은 드문 일이다. 정면에서 보면 그렇게 단아하고 정갈해 보일 수가 없다.

다른 폐역과 달리 이곳은 철로도 완전히 사라져 버렸다. 이곳에 철로가 놓여 있었다는 흔적만 있다.

철로가 있던 곳은 현재 멋진 공원으로 탈바꿈했다. 곳곳에 벤치가 놓여 있다. 어르신들의 느린 걸음도 보인다. 따뜻한 봄 햇살에 구 해운대역만큼의 시간을 살아 낸 사람들의 쇠잔한 평화를 본다.

방문일 : 2018년 4월

* 역사 이전
* 부산광역시 해운대구 해운대로 621
* 주변 관광지 : 해운대해수욕장, 달맞이길, 동백섬, 해리단길

임자 없는 빈집처럼

조용하고 한갓진 동네 좌천리. 작고 아담한 역사를 생각했는데 눈앞에 나타난 신 좌천左川역은 생각보다 컸다. 신 역사가 세워진 것은 알았지만 이 정도로 클 거라는 생각은 미처 못했다. 신 역사로 다가서기 전에 주위를 두리번거렸다. 그리고 찾았다. 반가움에 서둘러 구 좌천역으로 발길을 옮겼다.

아…. 가깝게 다가서는데 안타까움이 마음속으로 꽉 차오른다. 좀 일찍 올걸. 이 지경이 되어서야 오게 되었네. 그래도 온통 어질러진 폐허 같은 터에 무성한 향나무 두 그루가 있어 그나마 다행이다.

건물 앞뒤를 몇 번이나 돌아본다. 아직도 붙어 있는 좌천역 명패가 반갑다. 앞뒤로 문이란 문은 모두 막아 놓았다. 꽉 막힌 입구 앞에 놓인 낡은 벤치 하나. 페인트 칠이 떨어져 나간 남루한 벽에 붙어 있는 게시판. 게시판 사진첩에는 시간의 변천에 따라 새로운 디자인의 옷을 입은 기차들이 생뚱한 느낌으로 눈에 들어온다.

구 좌천역 역사는 일제강점기인 1934년에 세워졌다. 역사의 구조도 그 당시의 건축 양식이다. 여든일곱 살이 되는 좌천역. 그동안 우리 할머니 할아버지는 좋으나 싫으나 그들이 만든 철도와 역사를 이용하여 삶의 고단함을 실어 날랐구나.

고우나 미우나 지난 것은 모두 추억 속에 들어가고 간간이 그리워지기도 하는 것이 사람의 마음이어서 한 번쯤 찾아와 보고 싶었다. 이 지경이 되어서야 와 보고 나니, 임자 없는 작은할머니 댁처럼 쓸쓸한 후회가 밀려온다. 고향에 홀로 살고 있는 작은할머니에게 시간 나면 언젠가 꼭 뵈러 가겠다고 약속해 놓고 할머니가 병원으로 실려가고 난 뒤에야 마주했었다. 안타까웠던 그날을 떠올렸다.

구 좌천역 역사는 2020년 4월 철거 예정이었다가 여러 의견을 수렴해서 철거 계획을 취소하고 문화유산으로 보호하기로 했다고 한다.

도로 건너 마주 보이는 새 역사로 갔다. 엄청 크다. 하루에 이용객이 얼마나 될까? 쓸데없는 생각을 또 한다. 이날, 이 시간, 이곳 플랫폼에 서 있는 사람은 나밖에 없다. 끝이 안 보이는 레일, 눈으로 보이는 저 끝 곡선으로 굽어진 길, 내 눈에 보이지 않는 굽은 길 너머로도 철도는 뻗어 있을 것이다.

낡고 헌 역사는 허물어져 사라져도 기차는 새 시대의 사람을 싣고 철로 위를 그대로 달릴 것이다. 시간 따라 세상의 모든 만물은 사용되고, 노화된다. 그리고 노화된 것은 소멸되고 어떤 것은 새로움으로 교체된다. 자연의 이치다. 그것을 받아들이는 것이다.

방문일 : 2021년 1월

- 역사 이전
- 부산광역시 기장군 장안읍 좌천리 211-12
- 주변 관광지 : 임랑해수욕장

구 역사와
신역사가 나란히

울산
구 남창역

　좌천역에서 남창南倉역으로 갔다. 코로나19로 여행을 자제하는 분위기여서일까, 객실 안에는 한 사람뿐이다. 좌석은 있었지만 굳이 좌석을 찾아가지 않고 출입구 뒤편에 앉았다. 차창 밖으로 지나가는 들판과 지붕 낮은 집들을 보았다.

　20분 만에 도착한 남창역, 부산광역시에서 울산광역시로 왔다. 서너 사람이 대기실을 통과해 나갔다. 역사 밖으로 나가기 전, 서둘러 화장실에 들렀다. 넓고 깨끗하다. 언제부턴가 화장실이 그 나라의 생활과 문화의 질을 대변해 주는 듯한 느낌을 받는다. 역사를 빠져나와 무조건 대로를 향해 몇 걸음 걷고 나서야 뒤돌아보았다. 아, 바로 옆에 내가 찾는 것이 보였다.

구 남창역, 딱 보아도 역사의 건축 양식이 좌천역과 같다. 일제 강점기 때 지은 건축물이다. 1935년에 영업을 개시했다. 현재는 새마을호, 동해선만이 운행된다. 구 남창역도 공사 중이다. 그래도 좌천역처럼 허전하지 않다. 역사 입구에 작업물들이 가득 놓여 있고 인부들이 열심히 작업 중이다. 그중 한 분에게 물었다.

"철거되나요?"

"아니요."

구 남창역, 입구 손잡이는 자물쇠로 잠겨 있고 유리창에 커다란 안내문이 붙어 있다. '2020년 8월 31일 06시부터 신 역사로 이전됩니다. 많은 이용 바랍니다.' 벽에는 '등록문화재 제105호' 표지판이 붙어 있다. 공사판으로 어지러워도 한때 남창마을의 대문 역할을 했던 기록물이 남아 있고, 남창역의 알림판도 그대로 유지되고 있다. 지금 구 남창역은 좀 더 다듬어진 지난 역사물의 모습으로 앞으로의 시간을 이어 갈 모양이다.

남창역 간판을 보고 순간 떠오르는 생각. 남쪽에 있는 창고 역할을 했다는 뜻이니 이 지역이 기름지고 풍요로운 곳이었나 보다. 곳간에 채워 둘 양식이 많았다는 말이겠지. 얕은 지식으로 한자 풀이를 해보고 혼자 만족스러워 속웃음을 지어 본다.

공사장을 빠져나와 먼발치서 다시 뒤돌아본다. 신 역사와 구 역사는 가까운 거리를 사이에 두고 있다. 내 눈에는 신 역사가 생뚱맞게 모던해서 지척에 있는 구 역사와 괴리감이 느껴진다. 다시 가만히 보다가 슬쩍 혼자서 미소를 흘린다. 시골에서 큰 도시로 유학 보내 허리가 휘도록 열심히 뒷바라지한 아들이 출세해 돌아와서, 늙은 부모 곁에서 큰 신식 건물을 짓고 떵떵거리는 모습 같아서다. 그것을 보는 늙은 부모는 자신의 늙고 초라한 모습은 안중에도 없이 마냥 자랑스럽고 뿌듯하기만 하려니.

방문일 : 2021년 1월

- 역사 이전
- 울산광역시 울주군 온양읍 남창역길 40
- 주변 관광지 : 남창 옹기종기시장

에필로그

여러분은 간이역 여행을 해 본 적이 있으신가요? 저는 간이역에 갈 때마다 느끼는 것이 있습니다. 우리의 인생, 한 사람의 생애와 닮은 부분이 많다는 점입니다. 희노애락의 모습을 엿봅니다.

역이 처음에 생기면 관심을 받고 알려지고, 또 시간이 흐르면 시설이 낡기도 합니다. 그 과정이 아기가 태어나서 성장하고 성인에서 노인이 되는 것 같기도 합니다. 그래서 갈 때마다 누군가를 만난 듯한 반가움과 정겨움이 드는지도 모르겠습니다.

간이역에 가면 지나간 시간의 흔적이 있어서 좋습니다. 역에 담긴 세월의 숨결은 갈 때마다 새롭고 신선합니다. 그때는 미처 몰랐지만 청춘은 찰나였고 이제 아득한 이야기입니다. 지금의 여유가 좋습니다.

이 책을 읽는 분들이 간이역 여행의 재미와 의미를 함께 느끼면 좋겠습니다.

무엇보다 바쁘고 힘든 일상의 휴식이 되기를 바랍니다.